共和国故事

感动中国

——中国在悉尼奥运会取得重大突破

李静轩 编写

吉林出版集团股份有限公司

图书在版编目（CIP）数据

感动中国：中国在悉尼奥运会取得重大突破/李静轩编. —

长春：吉林出版集团股份有限公司，2009.12

（共和国故事）

ISBN 978-7-5463-1832-5

Ⅰ. ①感… Ⅱ. ①李… Ⅲ. ①纪实文学－中国－当代 Ⅳ. ①I25

中国版本图书馆 CIP 数据核字（2009）第 233742 号

感动中国——中国在悉尼奥运会取得重大突破

GANDONG ZHONGGUO ZHONGGUO ZAI XINI AOYUNHUI QUDE ZHONGDA TUPO

编写 李静轩

责任编辑 祖航 宋巧玲

出版发行 吉林出版集团股份有限公司

印刷 三河市嵩川印刷有限公司

版次 2010 年 1 月第 1 版　　　2022 年 1 月第 8 次印刷

开本 710mm×1000mm 1/16　　印张 8 字数 69 千

书号 ISBN 978-7-5463-1832-5　　定价 29.80 元

社址 吉林省长春市福祉大路 5788 号

电话 0431－81629968

电子邮箱 tuzi8818@126.com

前　言

　　自 1949 年 10 月 1 日中华人民共和国成立至今,新中国已走过了 60 年的风雨历程。历史是一面镜子,我们可以从多视角、多侧面对其进行解读。然而有一点是可以肯定的,那就是,半个多世纪以来,在中国共产党的领导下,中国的政治、经济、军事、外交、文化、教育、科技、社会、民生等领域,都发生了深刻的变化,中国人民站起来了,中华民族已屹立于世界民族之林。

　　60 年是短暂的,但这 60 年带给中国的却是极不平凡的。60 年的神州大地经历了沧桑巨变。从开国大典到 60 年国庆盛典,从经济战线上的三大战役到经济总量居世界第三位,从对农业、手工业、资本主义工商业的三大改造到社会主义市场经济体制的基本确立,从宜将剩勇追穷寇到建立了强大的国防军,从废除一切不平等条约到独立自主的和平外交政策,从"双百"方针到体制改革后的文化事业欣欣向荣,从扫除文盲到实施科教兴国战略建设新型国家,从翻身解放到实现小康社会,凡此种种,中国人民在每个领域无不留下发展的足迹,写就不朽的诗篇。

　　60 年的时间在历史的长河中可谓沧海一粟。其间究竟发生了些什么,怎样发生的,过程怎样,结果如何,却非人人都清楚知道的。对此,亲身经历者或可鲜活如昨,但对后来者来说却可能只是一个概念,对某段历史的记忆影像或不存在,或是模糊的。基于此,为了让年轻人,特别是青少年永远铭记共和国这段不朽的历史,我们推出了这套《共和国故事》。

《共和国故事》虽为故事,但却与戏说无关,我们不过是想借助通俗、富于感染力的文字记录这段历史。在丛书的谋篇布局上,我们尽量选取各个时代具有代表性或深具普遍意义的若干事件加以叙述,使其能反映共和国发展的全景和脉络。为了使题目的设置不至于因大而空,我们着眼于每一重大历史事件的缘起、过程、结局、时间、地点、人物等,抓住点滴和些许小事,力求通透。

历史是复杂的,事态的发展因素也是多方面的。由于叙述者的视角、文化构成不同,对事件的认知或有不足,但这不会影响我们对整个历史事件的判断和思考,至于它能否清晰地表达出我们编辑这套书的本意,那只能交给读者去评判了。

这套丛书可谓是一部书写红色记忆的读物,它对于了解共和国的历史、中国共产党的英明领导和中国人民的伟大实践都是不可或缺的。同时,这套丛书又是一套普及性读物,既针对重点阅读人群,也适宜在全民中推广。相信它必将在我国开展的全民阅读活动中发挥大的作用,成为装备中小学图书馆、农家书屋、社区书屋、机关及企事业单位职工图书室、连队图书室等的重点选择对象。

编　者

2010 年 1 月

目录

三、喜迎英雄

一、 参加奥运

● 悉尼时间 2000 年 9 月，第二十七届悉尼奥运会前夕，江泽民总书记指示：拿不到金牌也不能使用兴奋剂。

● 江泽民向国际奥委会主席萨马兰奇致信，表示我国赞同"奥林匹克休战"倡议。

● 随着激烈高昂的音乐在赛场上空响起，一支由数百人组成的队伍从面对主席台右侧的入口跳着激烈的舞蹈进入场地，领头的是一名长发披肩、皮肤黝黑的土著人。

中国支持反兴奋剂方针

悉尼时间 2000 年 9 月，在第二十七届悉尼奥运会的前夕，中共中央总书记江泽民指示参加本届奥运会的中国代表团：

　　拿不到金牌也不能使用兴奋剂。

中国奥委会也迅速行动起来，表示支持反兴奋剂的"三严"方针。

在中国代表团出发前，中国奥委会果断作出在国内血检中超标的运动员不能参加悉尼奥运会的决定，并组织全体参赛选手进行检查，检查合格者方可参加本次奥运会。

中国的这一行动赢得了国际体育组织和国际舆论的赞扬。

萨马兰奇不仅在悉尼记者招待会上公开支持中国的做法，还就此事在国际奥委会执委会上肯定中国的做法，认为这是其他国家效仿的榜样。

在我国向萨马兰奇递交江泽民的信时，萨马兰奇又一次高度赞扬了中国反兴奋剂的严正立场。

萨马兰奇说：

这表明中国当局要搞干净的体育，中国的做法使大家看到，什么叫公平竞赛。

萨马兰奇还说："这对中国申办奥运会是十分有利的。"

后来，第二十七届奥运会共对我国运动员进行了117人次兴奋剂检测，结果没有发现一例阳性。

可以说，赛前我国加大反兴奋剂力度的严格检查，为我国代表团赴悉尼后能集中精力抓成绩，创造了很好的条件。同时，在华侨中也产生了极好的反响。

悉尼当地华文报发表文章说：

我们深知中国体育代表团的每一块金牌都来之不易。特别是中国代表团秉持奥林匹克精神，纯洁队伍，弘扬正气，每一块金牌都是足金足赤，充分证明中国体育健儿的实力，证明中国改革开放体育战线的新气象，值得海外华侨华人为之自豪和骄傲。

为了把奥运会办成一个"干净的奥运会"，国际奥委会还采取坚决措施严查兴奋剂。

中国支持奥运会休战协议

2000 年 9 月，在悉尼奥运会期间，国际奥委会向联合国安理会成员国发出了"奥林匹克休战"的倡议。

"奥林匹克休战"的倡议发出，促使了朝鲜和韩国运动员共同入场参加开幕式；促使采取坚决的措施进行兴奋剂检查，力图使本次奥运会办成"最干净"的奥运会；促使把环境保护作为组织工作的主要内容，提倡绿色奥运。

这一切，都是为了使奥运会在世界范围内产生重要的影响。

江泽民向国际奥委会主席萨马兰奇致信，表示我国赞同"奥林匹克休战"的倡议。

受中国政府的委托，国家体育总局局长、中国奥委会主席袁伟民，9 月 13 日向国际奥委会主席萨马兰奇递交了江泽民致萨马兰奇的信。

江泽民在信中说：

中国一贯主张通过和平方式解决国际争端。我非常赞赏阁下本人和国际奥委会为促进世界和平所作出的积极努力。中国曾支持联合国大会通过奥林匹克休战决议，今后仍将一如既往地支持奥林匹克休战精神。我衷心希望世界上冲突各国和地区能坚持奥林匹克休战，任何时候都以对话、协商等和平方式解决国际争端，为建立世界的持久和平共同作出努力。

萨马兰奇对中国政府就"奥林匹克休战决议"的回复表示感谢。他希望中国运动员能在悉尼奥运会上多拿奖牌。

在"和平、友谊、进步"的宗旨下，悉尼奥运会尤其受到人们的关注。在本届奥运会上，国际奥委会为实现奥林匹克"和平、友谊、进步"的宗旨，为维护奥林匹克运动的纯洁性，作出了新的贡献。

由于本届奥运会是在世纪之交的历史时刻举行的，又是首次由主办地为选手提供免费食宿，更调动了各国和各地区参赛的热情。

来自世界各地的 199 个国家和地区的 1 万余名运动员云集悉尼，同场竞技，参加 300 个小项角逐。各代表团都选派了最强阵容，充分体现各国和地区体育的总体实力。

第二十七届奥运会规模之大、水平之高、竞争之激烈、影响之大，是以往任何一届奥运会无可比拟的。这说明竞技体育聚民心、扬国威的作用，正在被不同民族、不同信仰的国家和地区所接受。

可以说，奥运会是"和平时期没有硝烟的战争"。第二十七届奥运会，为奥林匹克运动在新世纪向更广阔的领域发展奠定了基础。

中国参加奥运会开幕式

悉尼时间 2000 年 9 月 15 日，第二十七届夏季奥运会开幕式，在澳大利亚东南部港口城市悉尼隆重举行。

其实，早在 9 月 11 日，我国记者就目睹了开幕式的彩排过程。这从新华社悉尼 9 月 11 日电文中可以了解到。电文写道：

随着激烈高昂的音乐在赛场上空响起，一支由数百人组成的队伍从面对主席台右侧的入口跳着激烈的舞蹈进入场地，领头的是一名长发披肩、皮肤黝黑的土著人。

不等这支队伍进入赛场中央，从赛场其他方向的四个入口也来了四支衣着不同的队伍，他们同样扭动着身体，跳着不同的舞蹈。其中一个队伍里还出现了两只中国舞狮。五支队伍在赛场中央汇集、变换后组成一个五环图案，包括中国舞狮的那支队伍构成了五环中的亚洲环。

音乐高奏，五环再次变换后，赛场上出现了一副澳大利亚的国家地图框架。突然音乐一变，歌声响起，早已经聚集在赛场四周的五队小学生跑进赛场，填满了整个地图的空间，象征着来自五大洲的体育代表汇聚到悉尼奥运会。赛场中不断回荡着排练指挥的声音，让所有人在正式上演时不要忘记了自己所在的位置。

歌声不断，澳大利亚地图向四周扩散，分散成无数大小不等的星星，其中包括五颗大的星星，星星最中间的人手里高举着一颗道具星星，道具根据五环的颜色也做成五种颜色，周围的人都面向中央。无数的小星星点缀在五颗大星星周围。这一幕可能是象征着运动员在到达悉尼后分散到各个赛场，在奥运赛场上争相闪耀光辉。

这一幕之后，参加演出的演员再次汇集成澳大利亚地图，然后分成五队向五个方向散开，开幕式演出也到此结束。

而 2000 年悉尼奥运会的点火仪式，则是由土著运动员弗里曼在瀑布中央点燃奥运圣火，这一幕非常壮观，澳大利亚人将水火完美地结合在一起。

在第二十七届悉尼奥运会的开幕式上，我国运动员入场式上的旗手是篮球运动员刘玉栋，身高 2 米，曾是中国男篮的支柱型球员，还是 1996 年亚特兰大奥运会中国体育代表团旗手。

参加第二十七届悉尼夏季奥运会的中国体育代表团

由488人组成，其中运动员311人，参加除马术、手球、棒球以外的25个大项174个小项的比赛。

代表团团长为袁伟民，副团长为于再清、李富荣、段世杰，新闻发言人为何慧娴，秘书长为吴寿章，副秘书长为张昊、史康成、崔大林、孔庆鹏、侯树栋、王成文等人。

本届奥运会在世界范围内受到空前关注，影响颇为深远。全世界60多个国家和地区的元首和首脑参加了开幕式。

二、 勇战悉尼

● 陶璐娜说:"当我打完奥运会最后一枪,知道我已获得奥运会金牌的时候,我有一个想法,冲下去拥抱我的教练,因为没有他就没有我今天的成功。"

● 这场比赛,王楠与李菊都发挥了极高的水准,相互对攻对拉,斗智斗勇斗技术的精彩场面不断出现,给全场观众带来了一次最高水准的"乒乓艺术"享受。

● 赛后,伏明霞在新闻发布会上的一句话表明了她的心迹:"我只有战胜自己,才能战胜队友。"

王楠李菊双打夺得金牌

悉尼时间 2000 年 9 月 14 日 11 时 20 分，第二十七届悉尼奥运会乒乓球比赛的抽签结果揭晓，中国选手均抽得了中上签。

首先抽出的是女子双打项目。在国际乒联排名中位居第一、第二位的中国选手王楠、李菊和杨影、孙晋分别镇守上下两个半区。

对中国队夺取女双金牌构成威胁的三对其他国家选手都集中在上半区，王楠、李菊面临较大压力。她们在八进四时，可能会与曾在美国公开赛上胜过中国选手的新加坡选手井浚泓、李佳薇再度相逢。

如果王楠、李菊进入四强，她们的对手将是韩国选手金茂校、柳智慧与中国台北选手陈静、徐竞之间的胜者。这两对选手分别是美国公开赛和巴西公开赛的冠军，今年都有战胜中国选手的记录。

9 月 21 日，乒乓球半决赛开始，王楠、李菊的对手是韩国的柳智慧、金茂校。

赛前，这对配合多年的韩国选手就被认为是中国队的最大威胁，在奥运会前的最后一次公开赛上，她们曾战胜过中国队的王楠、李菊。

这一次，王楠和李菊在比赛中还是落入了被动，对方在技战术上对王楠和李菊研究得非常透彻。

因此，在比赛中她们一直打得很凶，抢攻得很凌厉。对手打法主动，速度快，迫使王楠和李菊拉球质量高、相持能力强的优势无法得到发挥。

另外，可能由于思路偏差，王楠和李菊在被动的局面下没有尽早调整战术。在对方凶狠的抢攻面前，王楠、李菊或回球较软，质量不高，往往被对方打死；或抢先上手的意识不够，接发球多以搓为主，造成被攻和回球失误。仅在第三局，王楠和李菊的回球失误就多达9个。

再有，从战术的运用和变化上看，王楠和李菊也显得状态不佳。第三局中，柳智慧在12比8领先时，采用发反手球，结果连得3分，给中国选手心理上造成了波动。

第五局，王楠和李菊在最后时刻拼命抢拉，敢与对方打相持球，发挥出了自己的特长，局面开始改观，最终在19比20落后的情况下紧紧咬住，艰难地以24比22夺得胜利。

五局苦战，王楠、李菊虽然最终以3比2险胜，但五局的比分和对手的差距极小，分别是：17比21、21比15、15比21、21比14和24比22。

在另一场半决赛中，孙晋、杨影以3比1战胜匈牙利名将巴托菲和托特。四局的比分是：21比17、18比21、21比14和21比17，她们则比较轻松地杀入了决赛。

9月22日，第二十七届奥运会乒乓球女双决赛成了中国选手的会师表演赛。

在现场担任解说顾问的是奥运会双料冠军邓亚萍，看了没多久她便断言："奥运冠军肯定是王楠、李菊了，她俩实力高出一筹。"

果然，杨影、孙晋仅仅在首局对抗了一下，便很快败下阵来。杨影对付外国人的直板快攻虽然凌厉凶狠，但在王楠、李菊面前没有"隐私"，难有作为，孙晋更是没了神采。

决赛的三局比分为：21 比 18，21 比 11，21 比 11。王楠和李菊轻松地以 3 比 0 战胜队友孙晋、杨影，获得金牌。

韩国选手柳智慧和金茂校获得铜牌，她们以 3 比 2 击败了匈牙利的巴托菲和托特。

王励勤阎森获双打金牌

悉尼时间 2000 年 9 月 14 日，第二十七届悉尼奥运会乒乓球比赛抽签结果揭晓。

男子双打种子选手对阵形势显示上下半区实力相当，排名世界第一的中国选手孔令辉、刘国梁 8 进 4 时可能碰到韩国的金泽洙、吴尚垠；如果顺利过关，半决赛的对手将是奥地利的施拉格、金德拉克和法国选手盖亭、希拉之间的胜者。

下半区的中国小将王励勤、阎森 8 进 4 时可能会遇到瑞典名将瓦尔德内尔、佩尔森；闯过这一关后，他们的下一对手将是韩国选手李哲承、柳成敏与中国台北选手蒋澎龙、张雁书之间的胜者。

这届奥运会还采用了新的竞赛办法。种子选手不经过预选赛，直接参加淘汰赛。所有参赛的中国队员都是 9 月 20 日才开始自己的比赛。没有一个热身的过程，稍有闪失就可能被淘汰。

后来的赛事证明了新办法的厉害。我国女单选手孙晋就在第一轮输给了后来进入前四的井浚泓，王楠、李菊、孔令辉、刘国梁都在前两轮有过一番让观者胆战心惊的恶斗。

悉尼奥运会男双夺牌混战于 9 月 20 日开始 16 进 8 的

关键阶段。

在这个被称为八分之一的决赛中，上届亚特兰大奥运会冠军孔令辉、刘国梁险些翻船。他们在与波兰选手布拉什奇克、克拉泽斯基的对阵中苦战五局才险胜过关；另一对中国选手阎森、王励勤以 3 比 0 战胜一对日本选手顺利晋级。

被中国队列为主要对手之一的瑞典名将佩尔森、瓦尔德内尔这天晚上却以 0 比 3 被法国选手埃洛瓦、勒古淘汰出局。

8 进 4 的比赛也同样艰辛异常，所庆幸的是中国两对双打选手全部过关。

9 月 22 日，乒乓球男子双打半决赛打响了。

在这场比赛中，孔令辉、刘国梁以 21 比 12、22 比 24、21 比 10 和 21 比 10，大比分以 3 比 1 战胜法国选手希拉、盖亭。

而另一对选手王励勤和阎森，也以 21 比 12、21 比 19、17 比 21 和 21 比 18，大比分为 3 比 1 战胜韩国选手李哲承、柳成敏。

中国选手孔令辉、刘国梁和王励勤、阎森在乒乓球男子双打半决赛中，再次分别战胜各自对手。他们终于实现了在决赛中会师，为中国队提前获得男子双打金牌画上了句号。

9 月 23 日晚，第二十七届悉尼奥运会乒乓球男子双打决赛，终于在两对中国选手之间展开了。

由于两对选手实力相当，又相互了解，因此比赛充满了激烈的竞争与悬念。

比赛开始，孔令辉和刘国梁以良好的心理素质和丰富的大赛经验抢占先机，使比分一度以 16 比 10 领先，但两个小将也毫不示弱，奋力反击。当比分追成 17 比 20 时，他们突然发力，连得 5 分，结果以 22 比 20 赢得了首局。

先失一局的孔令辉和刘国梁不敢再有丝毫大意，在第二局的前半段一直保持着微弱的领先势头，并利用阎森关键时刻的一次发球失误给两位小将造成的心理波动连连得分，以 21 比 17 扳回一局。

第三局，已经没有心理包袱的王励勤、阎森越打越活，以 21 比 19 将大比分改为 2 比 1。

第四局，孔令辉和刘国梁出现心理失衡，他们在场上明显发紧，失误增多，比分一度以 1 比 7 落后。但在距金牌越来越近时，王励勤、阎森也有点经不住考验，使得孔令辉和刘国梁将比分扳成 17 比 17 平。

最后关头，两对选手展开了精彩的对攻。最终，王励勤、阎森以 21 比 18 再赢一局，从而获得了第二十七届奥运会的金牌。

首次参加奥运会的王励勤和阎森，出人意料地以 3 比 1 战胜上届奥运会男双冠军孔令辉、刘国梁而获得金牌。孔令辉、刘国梁获得银牌，法国名将盖亭、希拉获得铜牌。

陶璐娜气手枪获得第一

悉尼时间 2000 年 9 月 17 日 9 时，在悉尼远郊国际射击中心，第二十七届悉尼奥运会女子 10 米气手枪预赛正式打响。

中国队出战女子 10 米气手枪的是许海峰教练的两名弟子：陶璐娜和任洁。

女子 10 米气手枪比赛，使用口径为 4.5 毫米的气手枪，对 10 米距离外的环靶进行立射，10 环的圆心直径为 11.5 毫米，预赛打 40 发子弹，限时 75 分钟之内完成。

预赛的前 8 名进入决赛，加赛 10 发子弹，决赛的计环出现小数点，预赛和决赛总环数相加后，得出最终名次。

由于比赛中有东道主澳大利亚选手参赛，到悉尼远郊国际射击中心观战的人数明显增多。薄薄晨雾中，喜爱射击比赛的人们在门前排起了约 200 米长的队伍，等候入场。

陶璐娜先于任洁打完 12 发子弹的试射，平静地示意裁判准备完毕。她与任洁之间隔着 8 个靶位，中间站着 8 名外国选手。

射击比赛是一种精细无比的技术、心理和意志的抗衡。由于各人打各人的，实际上就是选手战胜自我的一

个过程。

　　预赛 40 发子弹分为 4 组，或称 4 轮。第一轮，她打了 97 环。但从第一轮的第七枪到第二轮的第一枪，陶璐娜出现了 4 个 9 环。

　　这时，许海峰马上示意裁判暂停，陶璐娜似乎有些紧张，显得有些无所适从，下意识不停地捏着自己的右手。教练面授机宜之后，第二轮，她的成绩是 98 环。

　　第三轮第 9 发，扳机扣早了，结果造成"走火"，陶璐娜打了一个 8 环。

　　许海峰当机立断，将她叫到身边，指出这一枪的失手原因，提醒她镇静再镇静，击发速度不能太快。

　　陶璐娜心领神会，随后的 11 枪，她枪枪命中靶心，以 390 环平了该项目的奥运会纪录，并以领先两环的优势排在预赛第一。

　　而另一位中国选手任洁，却由于心理上的紧张，最后两轮频频跑环，最终与决赛无缘。

　　11 时 30 分，女子 10 米气手枪最后 10 发子弹的决赛打响了。

　　第一枪，陶璐娜 9.4 环，被紧随其后的南斯拉夫名将斯卡尼奇以 10.5 环把差距缩小到了 0.9 环。

　　但陶璐娜却没有受到影响。许海峰根本就没让她知道自己和第二名的环数差距。

　　直到最后一枪，当斯卡尼奇仅打出 8.9 环时，在场的观众已开始向陶璐娜欢呼了。经久不息的掌声打断了尚未结束的比赛，裁判不得不要求观众安静，让剩下的3名选手完成比赛。

陶璐娜稳稳地扣动扳机，9.6环。她最终以领先第二名1.7环的优势，以488.2环的总成绩夺得了金牌。

决赛气氛令人窒息，陶璐娜最后一枪打完，她平静地转回身子，伸出食指，又指向自己的心窝，向助战的队友们询问谁是第一。当知道中国奥运军团悉尼第一枚金牌诞生在她的枪下时，她依然显得十分平静。

陶璐娜，这位26岁的上海姑娘，最终第一个在悉尼为中国奏响了国歌。

后来，陶璐娜说出在夺金牌时刻留下的一段遗憾："当我打完奥运会最后一枪，知道我已获得奥运会金牌的时候，我有一个想法，冲下去拥抱我的教练，因为没有他就没有我今天的成功。可看着我们教练跟'木头'一样站在那儿，一个女孩子家冲过去拥抱他，要是他又没什么'反应'，那多不好意思啊！所以就没有那样去做，最后还是以握手互相祝贺。现在也挺后悔的，因为事后问了我们教练，他说他也会热烈地拥抱我的。站在领奖台上，听着国歌奏响，我的心情非常激动，想起在国家队的4年，包含了教练多少的严与爱啊！"

蔡亚林获气步枪冠军

悉尼时间 2000 年 9 月 18 日，第二十七届奥运会男子 10 米气步枪比赛在悉尼远郊国际射击中心举行。

气步枪射击是奥运会重要的比赛项目之一。选手用 4.5 毫米口径的气步枪以立姿向 10 米距离外的环靶射击。比赛通常使用输送靶，每射一发子弹后，即将靶子输送到运动员处，由选手验看和亲自更换靶纸。

射击弹数原为 40 发，1981 年改为 60 发，射击限时 105 分钟。这 60 发子弹称为"资格赛"或"预赛"，取得决赛资格者加赛 10 发子弹，两次比赛环数相加为总成绩，最终排定名次。

9 时，我国选手蔡亚林开始打 60 发子弹的资格赛。蔡亚林曾拿过亚运会的冠军、世界杯的第三名。

但是，没有人认为蔡亚林能够夺得奥运会冠军。而且中国射击队主教练孙盛伟前一天也对记者说："今天不会有太好的成绩。"

因此，采访奥运会的记者认为这场比赛可能金牌没戏，也由于分身乏术，以至大多数中国记者根本就没来射击场。

资格赛开始后，赛场内众多的欧洲记者只盯住了帕克、古哈吉比科夫等有实力的选手，而蔡亚林却因无名而不被人注意。因此，他可以安安静静地比赛，丝毫没受到任何干扰。

直到他在第五组10发子弹中，打出100环的高分时，人们才注意到，原来这里藏着一位中国强有力的金牌争夺者。

一个中国的电视记者最早觉察到蔡亚林有可能争夺冠军，便扛着机器跑到蔡亚林身旁开拍。

蔡亚林的主管教练常静春立即劝阻了那位记者的"关照"，请他稍后再拍。

射击比赛往往牵一发而动全局。教练的反应还是慢了一拍，蔡亚林的情绪似乎受到了影响，在最后一组的第7和第8枪中，他连续打出两个9环。

教练马上意识到了这个问题，示意裁判暂停，并要求蔡亚林坐下来静一静。

在短暂的休息后，蔡亚林以两个10环结束了资格赛，总成绩为594环。由于及时调整了心理状态，蔡亚林还算正常发挥了自己的水平。

在这共6组、每组10发子弹的较量中，蔡亚林打出4组99环、1组100环、1组98环的好成绩。

在比赛场风云瞬息万变，那些世界名将似乎难以承受各方面巨大的压力，纷纷出现失误。

而蔡亚林在资格赛中也只取得了领先第二名白俄罗斯选手科里米克1环的优势。

资格赛后，领导和教练按比赛方案，避开记者干扰，领蔡亚林走进早已在赛前就选好的验枪房休息。

这时，领导和教练告诉蔡亚林说："你已经完成了代表团交给你的任务，实现了中国选手在男子气步枪上的突破，剩下的决赛不要老想着夺冠军。"

11 时 30 分，10 米气步枪的决赛开始。按规则已无法继续在场上指导的常静春，心都提到嗓子眼了。

蔡亚林的决赛状态一直是个问题，在亚运会和世界杯的赛场上，他已有几次在资格赛中排第一，而决赛却一下子变成第三、第四。

况且，进入决赛的 8 名选手，成绩非常接近。蔡亚林资格赛 594 环，第二名 593 环，在他们两人之后，有 5 个人以 592 环并列第三名。

决赛环数开始加上小数点，第一枪，蔡亚林打出了 10 环，但对手科里米克却以 10.4 环缩小了差距。

第二枪，蔡亚林打得不太好，只有 9.8 环。但科里米克也只打出了 9.7 环。

在此之后，蔡亚林再没有给任何人机会，他越打越好，并且发挥极为稳定。接下来蔡亚林的七枪全在 10 环以上，分别是：10.3、10.3、10.8、10.5、10.5、10.1、10.5，而且将科里米克甩开了 3.6 环的差距。

此时，科里米克的第二名的位置，已经被两名俄罗斯选手占据。

蔡亚林在最后一枪之前领先第二名的俄罗斯选手 2 环。蔡亚林只要最后一枪打出 8.8 环，即可夺冠。

悉尼时间 2000 年 9 月 18 日 12 时 18 分，蔡亚林打出的最后一发子弹为 9.6 环，以 10 发 102.4 环稳稳收场，其总成绩是 696.4 环。

此时，随着 10 米气步枪结束了比赛，场内出现了片刻沉寂。随后，一个中国人的名字出现在显示屏上。

蔡亚林实现了中国男子气步枪金牌零的突破。

可以说，中国选手在这一项目已经参加过四届奥运会，但从来没能进入过前八名。

另外，圈内人士说，中国射击队的男子 10 米气步枪夺金牌的概率只有 20%。事实上，这个项目也确实不在中国必夺金牌计划之内。

悉尼奥运会前不少人预言，男子 10 米气步枪在可展望的一些年内，仍然将是欧洲人的天下，打破欧洲人垄断的时机火候还没有成熟。

面对这样的预言，国家射击射箭运动管理中心主任冯建中则硬邦邦地扔出三个字："我不信！"

为什么"不信"，他也说不出来过多的理由，只说那个蔡亚林打枪，越打眼睛越亮，有那么一股神采和气势。

现在，历史在瞬间被改写。男子 10 米气步枪的奥运会金牌终于第一次属于了中国。

赛后，蔡亚林的教练常静春才敢说实话："其实在本届奥运会前，蔡亚林的成绩一直稳步提高，已经接近该项目的世界最高水平。只是我们对外非常低调。"

中国射击队总教练孙盛伟赛后评论：

蔡亚林今天夺取金牌的意义非同寻常，这是一直落后于世界水平的中国男子气步枪项目取得的一次历史性突破。

　　实际上，运动员的心理承受能力也是有限的，面对世界上最为强劲的对手，挑战一生中最为重大的赛事，那真是紧张得令人窒息。

　　赛后，蔡亚林也说出了一句心里话："我庆幸自己赛前是一个不被关注的人。"

　　后来，蔡亚林还说："虽然射击纯粹是一个自己与自己比的项目，但是对手之间的较量已经在休息室里就展开了。决赛之前，我们在休息室里等待上场，当与对手的眼神偶然相遇，你会发现，那种眼神好像刀子一样，恨不得剜下你一块肉，这就是大赛前的心理战！败在我手下的是位俄罗斯人，上届奥运会的冠军。在决赛中，他一直处于第四、第五位，最后追成亚军，我赢了他0.9环。在领奖的时候，他看我的眼神中分明带有一种不服气的感觉。此刻，我觉得腰杆倍儿挺。这场比赛是我一生中感觉最棒的，紧张而不慌乱，越打越自信。"

　　蔡亚林登上了奥运会射击比赛的最高领奖台，为中国争得了新的荣誉。

杨凌勇夺移动靶金牌

悉尼时间 2000 年 9 月 22 日，在悉尼远郊国际射击中心，第二十七届悉尼奥运会男子 10 米移动靶决赛开始了。

上届奥运男子 10 米移动靶冠军杨凌和摩尔多瓦选手莫尔多万的对决，可以说是一场让人窒息的比赛。

两人水平接近，杨凌虽在预赛中领先一环，但他一点也没有取胜的把握。

决赛头两枪，莫尔多万发挥出色，一下将落后的局势挽回，反超杨凌 0.7 环。其后，两人你来我往，相互领先。

第九枪打完，杨凌还落后 0.2 环。只有看最后一枪的最后一点希望了。

杨凌打完最后一枪，站在自己的位置上愣了好一会儿。

杨凌果然不负众望，打出 10.4 环，以领先第二名 0.1 环的微弱优势，名列第一。最终，他以 681.1 环的成绩，保住了自己的桂冠。

此时，杨凌转身高高地举起自己的枪，向着观众席欢呼、挥舞。

杨凌不仅为中国奥运代表团夺得第九枚金牌，而且也蝉联了这个项目的奥运冠军。

赛后，杨凌说："比赛之中，我不管别的，只管完成好自己的动作。成败如何，我并不在意。倒数第二发后，我不知道自己落后，只是感觉比分接近。最后一枪我也是比较平静地完成的。"

　　杨凌还说："过去我国射击选手还没有连续两届获得奥运金牌，我能成为第一个为中国连夺奥运金牌的人，心情非常激动。射击选手不是拿了金牌就不能再拿。我希望以后还能拿奥运金牌。"

张军高崚羽毛球混双摘金

悉尼时间 2000 年 9 月 18 日，第二十七届悉尼奥运会羽毛球混双比赛在悉尼体育馆举行。

也许是全没夺冠的压力，张军和高崚的第一场比赛，两人预热很慢，都没有进入临战状态，有点兴奋不起来。

这第一轮，他们的对手是一对实力较弱的德国人，本可以 2 比 0 赢的，但是两个人的特长却一点也没打出来，使第三局决胜局竟一度危险落后。

尽管最后获得了胜利，但在下场后，他们却挨了教练李永波一顿骂："输球不要紧，不能输人。这场赢了，也是臭球。"一顿骂，让两人从迷迷糊糊中醒了过来。

隔天再上场，张军和高崚碰上了世界上最强的组合，即韩国的金东文和罗景民。这一对选手眼下称霸混双项目，号称天下无敌。以前，张军和高崚也曾同他们两次交锋，结果中国选手两战两负。

但这是关键的四分之一决赛。张军和高崚从四分之一决赛开始，终于高度兴奋起来。

就是在四分之一决赛上，张军和高崚淘汰了世界第一混双韩国选手金东文和罗景民。他们只用了 18 分钟，便以 15 比 11 赢了第一局。

韩国组合并不显得特别紧张，他们不相信自己会输在不成熟的中国对手拍下。

但是从第二局开始，张军完全打"疯"了。在队友配合下，他已经进入了一种"癫狂"的奋战状态。每赢一球，他都会用力地挥起拳头，然后再怒吼一声。

张军和高崚打的是士气球，一定要在气势上压倒对手，在比赛胜负中的技术因素靠气势加码。

当韩国人发现事态大大不妙的时候，已经是第二局的 0 比 8 了。这个时候，张军由"疯"而入"顺"。9 比 0 的时候，他从胯下救回了一个球；11 比 1 的时候，他把球拍绕到身后打了回去；12 比 1 的时候，他甚至来了一个鱼跃。更重要的是，这 3 个球中国队都拿了分。而此时，韩国队已经无力回天。中国队最终赢得了这场比赛。

赛后，中国队总教练李永波激动地高喊："放卫星了!"他与张军、高崚击掌相庆，又重重地捶了张军几拳。

韩国的两名选手非常颓丧，觉得不可思议，他们承认"对这两个选手没怎么研究"。

接下来，在半决赛上，张军和高崚面对的是丹麦选手。

对于张军、高崚与丹麦索加德、奥尔森混双半决赛的激烈程度，中国羽毛球队是有心理准备的，但这场比赛还是打到最后一局的最后一分。

最后时刻，比分钉死在 16 比 16，刚刚还沸腾着的羽毛球馆内一片死寂。准备发球的高崚，微微地笑了。

高崚对于自己的微笑，后来回忆说："我看了接发球的奥尔森一眼，看出她想抢网。当时我挺想发高球赢她一分，第二局我们最后一分就是发后场把他们抽死的。后来我又想，还是发短球，如果她抢网，我还可以继续抢，张军的攻击力还可以治他们。已经拼到第三局，肯定每个人都手发紧。所以我坚持发了短球，结果她自己犯错误，回球下网。"

也许是在上一场战胜韩国头号混双选手的比赛中透支了过多的精力和体力，张军那天的表现多少有些失常，打出了很多好球，但失误也不少，一直没有进入那种"癫狂"状态。

9月21日，悉尼奥运会羽毛球混双最后的决赛打响。

印尼的世界第二号选手特里库斯和许一敏仅用了9分钟便以15比1先胜第一局。

中国选手输在"变招"。决赛中遇到的是自己从没赢过的对手，两人开始琢磨怎样能赢下来。上一次输在了速度上，这一次他们决定一开始就打快。

不料，开局后快是快了，但打得也乱了，反而落入了对方的节奏当中。

在第二局打到9比8的时候，张军终于喊了出来，他逐渐找到了两天前战胜韩国选手时的"癫狂"状态。

这时，看台上的中国观众也开始为中国队加油。

比赛打到10比8的时候，仍然微笑着的高崚也把拳头挥了起来。第二局打了 26 分钟，张军和高崚最终以 15 比 13 艰难取胜。

决胜的第三局开始了，印尼队首先崩溃的居然是男选手特里库斯，他的手软了，加上前两局的体力透支，竟连续出现失误。

最后，在中国两个年轻人张军和高崚的顽强打击下，对方以 11 比 15 丢了决胜局。

李永波、陈兴东、田秉毅冲入场内，一面五星红旗在欢呼声中送进场内，张军和高崚挥舞着五星红旗，向在场的观众致意。

其实，在奥运会前，谁也没想到张军、高崚能拿下羽毛球混双比赛的金牌。因为这是个只练了一年多的新组合，能拿块奖牌就不易了，连他们自己也这么想。

可以说，张军、高崚的胜利不仅为中国队再添一金，更重要的是，两人犀利的战斗精神感染了每一个中国运动员。

在接下来一天的比赛中，中国军团一举拿下 6 金 3 银 2 铜，由排行榜第四跃居第二，迎来了悉尼奥运会的"中国日"。此后，中国羽毛球队更狂揽 3 枚金牌。

吉新鹏羽毛球单打夺冠

悉尼时间 2000 年 9 月 18 日，羽毛球单打比赛在悉尼体育馆开始了。

赛前抽签，吉新鹏被分到有"死亡地带"之称的上半区，这里有强劲对手印尼新锐陶菲克和丹麦高手盖德。而队友孙俊和夏煊泽所在的下半区则只有印尼老将叶诚万一名强劲对手。

奥运会男子羽毛球单打还被认为分量最重，也是被中国寄予厚望的一个项目。吉新鹏以一名新手的英姿，调整好了心态，满怀信心地迎战奥运。

9 月 18 日，吉新鹏刚一比赛就先失一局，后来才连扳两局，淘汰了中国香港选手吴蔚，进入前 16 名。

9 月 19 日，找到了感觉的吉新鹏以 2 比 0 战胜了美国的韩奇，进入前 8 名。

9 月 20 日，吉新鹏对战 19 岁的陶菲克。陶菲克是印尼羽坛崛起的新星，此时世界排名第一，是夺冠的实力人物。

而吉新鹏凭借着高昂的气势和缜密的战术准备，以 15 比 12 和 15 比 5 将头号种子陶菲克淘汰出局，闯入四强，爆出了他的第一个冷门。

与此同时，中国队员孙俊在四分之一决赛中被印尼的叶诚万淘汰。

9月22日，吉新鹏在半决赛中遭遇丹麦的盖德。受上一场全胜的激励，他开局便以15比9赢得第一局。

第二局，盖德充分发挥抽杀凶猛的特点，以15比1的悬殊比分赢回了一局。

决胜局吉新鹏重整旗鼓，坚定了必胜的信念，丝毫不受场上突变的干扰，以15比9战胜了实力实际高于自己的盖德，冲入决赛。获胜的一瞬间，吉新鹏难以抑制自己的兴奋之情，将球拍高高抛向空中。

另一场半决赛中，队友夏煊泽重蹈孙俊的覆辙，败在了叶诚万的拍下。

至此，中国队夺冠的重任与希望便寄托在吉新鹏一人的身上。

汤仙虎教练在印尼时曾训练叶诚万两年多，对他的战术和球路知根知底，了然于胸。因而，赛前他为吉新鹏制订的战术是避其锋芒，以速度压制对方的气焰，以拉后场两角结合直线劈杀打乱对手阵脚，不过多与对手在网前小球上纠缠。

28岁的叶诚万是世界顶尖高手，大赛经验极为丰富，吉新鹏还算是一位名不见经传的小将，因此决赛前吉新鹏并不为人看好。

但是，在今年4月的日本公开赛上，吉新鹏恰恰是在决赛中击败了叶诚万，再加上汤教练的运筹帷幄，吉新鹏在心理上并不怵他。

9月23日晚上，男子羽毛球单打比赛开始了，在观众席上，中国观众用这样的横幅给吉新鹏鼓劲，横幅上写："吉哥，甭跟他客气。"

比赛开局，吉新鹏就以难缠的拉球和突然的劈杀打了对手一个措手不及。此后又连续压迫对方使之连续失误，自己则按教练部署，抓住机会毫不手软地劈杀。最终，吉新鹏以15比4的悬殊比分拿下当局。

第二局，叶诚万稳住心神，上来先以3比0领先。吉新鹏虽然将比分追成3平，但叶诚万利用网前技术优势令吉新鹏失误增多。叶诚万以9比4领先后，形势似乎就要逆转。

此时，吉新鹏调整自己的战术，按既定方针办，坚决压对方底线，并利用对方体力下降加快了自己的速度，又将比分追成9平。当吉新鹏在10比12落后的关键时刻，叶诚万的一个擦网球居然神奇地滚过球网，落在界内，10比13，叶诚万领先。

随后，吉新鹏将比分追成13平后，场上空气紧张异常，只见吉新鹏先吊后角成功，再一记凶狠的直线劈杀，羽毛球如同有生命的精灵飞向对方场内。

最终，吉新鹏赢得了这场决胜局的比赛。

吉新鹏激动地高高抛起球拍，双拳狠狠砸向球网。连闯5关，其中连克世界羽坛三大巨星，以无可争辩的实力与表现赢得奥运会冠军。

赛后，总教练李永波说，吉新鹏的获胜一是战术对头，二是心态很好。

可以说，作为年轻选手出战奥运会，吉新鹏显得非常稳健，连过 5 关，靠着不温不火、不急不躁、有板有眼的韧劲儿，耐心与对手周旋，当快则快，当稳则稳，磨掉了对手的锐气，也就给自己创造了机会。

吉新鹏的夺冠，使得中国羽毛球队在悉尼奥运会上夺得了 4 枚金牌，创造了前所未有的辉煌。

同时，中国羽毛球男子单打的奥运金牌之梦终于实现了。

2000 年 9 月 23 日，23 岁的中国羽毛球运动员吉新鹏，站到了悉尼奥运会羽毛球男子单打的最高领奖台上。

男子体操队获团体金牌

悉尼时间 2000 年 9 月 18 日晚，在悉尼奥林匹克公园穹顶体育馆里，气氛格外紧张，第二十七届奥运会体操男子团体决赛马上就要开始了。

在第二十七届奥运会上，中国男子体操队出征悉尼阵容颇为强大。

李小鹏 19 岁，1.60 米，52 公斤，中国男子体操队新一代领军人物，其特长项目是自由体操和双杠。李小鹏是世界上最有实力夺得自由体操、双杠金牌的运动员。他的运动特点是轻飘、灵巧、质量高、协调、韵律好。

杨威 20 岁，1.63 米，56 公斤，来自湖北仙桃，男子体操队的主力成员，是一名全能型运动员。自由体操、吊环是他的特长项目。动作特点：轻飘、干净利落、节奏韵律好、力量强、空翻高飘。

邢傲伟 18 岁，1.70 米，60 公斤，来自山东，是男子体操队的一颗新星。他身材修长，动作幅度大、协调、动作质量高、节奏韵律好，尤其在鞍马、单杠、双杠上有自己的特长和优势，他的最拿手项目是鞍马。

卢裕富 22 岁，1.64 米，63 公斤。这位成名很早的选手以动作难度而著称，是一名有实力的全能型运动员，有夺取世界全能冠军的实力。强项是自由体操和跳马。

动作特点：刚强有力，爆发力好，难度大，空翻高。但他到悉尼后，热身时受伤，最终由郑李辉替换了他。郑李辉1978年5月4日生于湖北，是一名全能型选手，特点是赛场动作发挥稳定。

黄旭21岁，1.62米，59公斤。天津世锦赛时男队队长，也是一名全能型的运动员，曾多次参加大赛。双杠、鞍马是他的特长项目。动作特点：全套动作幅度大、韵律好、规格高、动作到位。

肖俊峰21岁，1.63米，55公斤。跳马好手，其他项目也具备一定实力。他"前直900"的高难动作独步江湖，"踺子180度接前直540度"也是10分起评，动作的特点是又高又飘，而且在空中保持了并腿绷脚。

另外，由于全队整体战术需要，原本列入名单的董震没有出赛。

董震23岁，1.64米，62公斤。吊环项目高手，世锦赛冠军。动作轻，编排新，在力量上高人一筹。

然而，如此强大的阵容却在两天前的本届奥运会男团预赛中，意外地输给了老对手俄罗斯队。

预赛中，中国队曾在自己的"弱项"单杠、自由操和鞍马中领先俄罗斯队1.021分。但中国队并没有完全放开，队员们感到有些紧张。

果然，在后面3个强项吊环、跳马和双杠的比赛中，中国队出现了重大失误。其中，黄旭和邢傲伟在自己拿手的吊环中失手，只得了9.012分和9.350分。

　　而中国队单项金牌寄希望最大的跳马比赛，竟有 3 名大将失手：李小鹏坐在了地上，肖俊峰只得了 9.212 分，邢傲伟的得分为 9.225 分！这个"从天而降的灾难"顿时使中国队失去了跳马金牌的希望，而总比分也落到了俄罗斯队后面。

　　俄罗斯队却发挥极佳，最终以 0.137 分的优势获得了预赛的第一名。

　　面对这突如其来的打击，主教练黄玉斌沉默了。因为赛前无论实力还是训练水平，甚至赛台训练，中国队都胜对方一筹，而这次几人出现的重大失误竟集中在同一个项目上，其中还有平时发挥最稳定的李小鹏。

　　当晚，中国代表团负责人对体操队的表现提出了批评，体操管理中心的两位领导张健和高健连夜做总教练黄玉斌和队员们的工作，让队员们放下包袱，建立信心。

　　因为不是中国队的训练水平和能力不如俄罗斯队，而是由于重大失误所致。俄罗斯队在发挥很好的情况下也只赢了我们 0.137 分。只要中国队能够正常发挥，冠军就一定跑不了。

　　在备战奥运会时，中国队制订了团体和单项兼顾的第一"作战方案"，即由李小鹏、邢傲伟、黄旭、杨威 4 名全能型选手加肖俊峰和董震两名单项选手联合出战。

　　而抵达悉尼后，根据对手的最新情况，中国队被迫采取了"丢卒保帅"的第二方案，即舍弃极有希望吊环夺金的董震，换上第一替补卢裕富以确保团体登顶。

没想到临近比赛卢裕富意外受伤，体操队不得不紧急调动一直在悉尼附近纽卡斯尔训练待命的郑李辉前来。中国队承受了空前的压力。

发誓破釜沉舟、背水一战的中国队员，今晚以旺盛的斗志和饱满的精神出现在决赛战场。

当地华人社团特意组织了几百人的啦啦队前来观战助威。他们在体育馆两侧，不时用中文和英文高声呐喊，为中国队加油。

19时，决赛开始了，中国队第一项是双杠，这一项是中国队的强项。一般来说，单杠的失误率比较高，第一组做单杠不太有利。

上届奥运会，中国队就是从单杠比赛开始，结果落入了"单杠陷阱"之中，频频出现严重失误。

两天前的预赛，中国队也是从单杠开始，失误的阴影仍然笼罩着他们。结果中国队连续失误，不仅丢掉了跳马等单项的决赛权，而且在跳马比赛中肖俊峰还受了伤。今天凌晨1时30分，队医给肖俊峰打了一针。

决赛前教练组下达"命令"，肖俊峰还要上场，就是断了一条腿，也要把动作做好；而且，上场走跳不能瘸，不能让对手看出来而赢得心理优势。

比赛中，中国队首先出场的是郑李辉。由于是首次参加奥运会，他显得有些压力，动作不够利索，只得了9.337分。

出现失误不能责怪他们，黄玉斌轻轻地拍了拍他的肩膀，信任的目光使他得到了力量。

杨威第二个出场，他的双杠完成得非常好，得了9.6分。

接着，李小鹏等人的得分均在9.7以上。首轮比赛，中国队得38.849分；而俄罗斯队在双杠比赛中只得了38.347分。从而，中国队暂时跃居第一。

然而，险情出现在第二项比赛中。年轻的"老将"黄旭在单杠上差点落杠，得分比较低。

之后，杨威在比赛中稳住了阵脚，中国队顺利跨过"单杠陷阱"。

中国队在单杠比赛中，制订了"以稳为主"的策略，不做高难度的连续飞行的动作，而是以精彩有连接取胜，宁愿少得分，也不失误。

随后，在自由体操、鞍马、吊环三轮比赛中，中国队越战越勇，牢牢控制住比分的优势。

相比之下，俄罗斯队显得压力过重，发挥不稳，直到最后第二轮，才挤上前三的位置。

最后一项比赛是跳马，中国队再次出现险情。邢傲伟在准备活动中小腿抽筋。

队医为邢傲伟进行紧急治疗，稍作治疗，邢傲伟登场。肖俊峰也开始活动准备。

此时，我们比第二位的乌克兰队的领先优势仅为0.5分左右，如果有一个站不稳，微小的优势就可能失掉。

比赛开始了，只见邢傲伟起步助跑，腾空飞跃，做了一个漂亮的双手翻转体 360 度，落地时稳稳地钉在地上。大屏幕上显示，他微皱眉头，克服着常人难以想象的伤痛。

邢傲伟瘸着走下赛场，他立即被抬了下去。肖俊峰的最后一跳得了 9.562 分，金牌在握！肖俊峰双手挥拳，难掩激动。

第四个出场的中国选手是李小鹏，他的发挥极为出色，获得了 9.712 的高分！

让国人魂牵梦绕 16 年的体操团体奥运金牌，终于圆在了悉尼。尽管遭受挫折和挑战，中国队的 6 名选手还是以 231.919 分轻松战胜了乌克兰、俄罗斯等体操强国的队伍。

乌克兰获得了银牌，总分是 230.306 分，俄罗斯以 230.019 分排在第三。

这一次，中国队以行动证明了他们的团结和信心。无论是场地中还是场地外，中国选手互相击掌、鼓励、欢呼，每一个运动员结束了自己的比赛之后，都会得到全队的伸臂迎接。

当李小鹏完成了最后一个跳马动作，并确信中国队肯定已经获得金牌之后，他高兴地跑到场边，与教练紧紧地拥抱在一起，庆祝这一胜利。

中国队在 1992 年巴塞罗那和 1996 年亚特兰大奥运会上都获得了男团的银牌，悉尼的胜利证明了中国队现在是世界上最好的体操队。

赛后，主教练黄玉斌激动地说："我们新中国搞了47年体操，但从1984年参加奥运会以来，从未拿过奥运男团金牌，我们不想把这个梦想带到下一个世纪。预赛中我们发挥失常，比赛后，根据自身实力，在个别项目稍作了调整，这枚金牌对于中国体操界来说太重要了。"

奥运会男子体操团体冠军，历来被视为体操王冠上一粒最夺目的宝石、体操王国里的珠穆朗玛。它的巨大影响力超过了体操比赛中的任何一个单项。

此时，中国体操队终于拼来了中国体操史上第一枚奥运会男子团体金牌。

2000年悉尼奥运会，是中国体操男队对奥运会金牌的第五次冲击。

洛杉矶、汉城、巴塞罗那、亚特兰大，连续四届的冲击，花去16年的工夫。

而现在这枚团体金牌到手后，中国男队在奥运会这个最高层次的赛会上，可以说已经拿过体操所有项目的金牌。

当6名中国帅小伙儿携手登上冠军领奖台时，全场掌声雷动，在场的几代中国体操人不顾一切地拥抱在一起，激情难抑。

占旭刚勇夺举重冠军

悉尼时间 2000 年 9 月 22 日，在悉尼会展中心举行第二十七届悉尼奥运会 77 公斤级举重决赛。

在决赛中，中国队选手占旭刚抓举 165 公斤失利，出乎所有人的意料。

而在占旭刚平时的训练中，这个重量他一星期要练二十几组，原本不在话下，可是今天却没有发挥好。

此时，亚美尼亚的麦里克耶和希腊的米特鲁都排在占旭刚的前面，麦里克耶的抓举成绩甚至超出占旭刚 7.5 公斤。

在后场，面对这样的成绩，占旭刚闪过一个念头："我感觉这块金牌没了。"

了解占旭刚的教练王国新鼓气说："不要想抓举，不要想金牌。挺举是你的强项，今天你的希望在挺举。"

接下来的挺举，米特鲁最后一把举起了 202.5 公斤。这就意味着，体重较轻的占旭刚必须举起 207.5 公斤才能战胜对手，获得金牌。

可是，207.5 公斤，这是占旭刚训练时从来没有摸过的重量！

"必须举起来！"王国新对占旭刚说，"全看这一把了。"

被逼到悬崖边上，占旭刚攥紧了双拳。

4年来，占旭刚想过退役，承受过人们的怀疑。他只有苦练，每天百分之百地完成训练计划，练得厚实一点、再厚实一点，心中才感宽慰。而这些努力，都要用今天这最后一把来证明。

此时，占旭刚站在举重台上，集中精神，想着所有的要领，只见他双手握住杠铃，挺身举了起来。占旭刚成功了！

"王导，我总算拿下来了。"冲下举重台的占旭刚对着王国新大喊。

4年前的亚特兰大，占旭刚成功后，王国新抱着他说："我的心都要跳出来了。"

今天，王国新抱着占旭刚再度大喊："你这一举，把我的心都举起来了。"

杨霞奋力夺得举重金牌

悉尼时间 2000 年 9 月 18 日，第二十七届奥运会女子 53 公斤级举重比赛，在悉尼会展中心举行。

举重长期以来只在男子中进行，20 世纪 40 年代，美国第一次开始女子举重比赛。

到 20 世纪 80 年代，加拿大、英国、德国、法国、澳大利亚以及中国也先后开展了此项运动。

1984 年，国际举联将女子举重正式列入比赛项目。1987 年 10 月，第一届世界女子举重锦标赛在美国佛罗里达州的迈阿密举行，体重级别分为 7 级。

在第二十七届奥林匹克运动会上，我国选手杨霞参加的是 53 公斤级的比赛。

在悉尼会展中心进行的奥运会女子 53 公斤级举重的竞争，共有 10 名选手上场。

14 时 30 分，抓举比赛开始。在第一次试举前，杨霞和黎锋英的开把重量均要 95 公斤，双方在战术上正进行一场不动声色的较量。

赛前称体重，黎锋英比杨霞轻 0.04 公斤，使杨霞处于不利地位。

杨霞和黎锋英都是湖南人，也都曾是省举重队队员。两人虽然没有同时在一个教练手下训练，但杨霞如今的教练正是黎锋英的启蒙恩师。

在5年前的广州亚洲锦标赛上，黎锋英与中国台北举重队教练钟永吉相识相恋，并于4年前嫁往台北，与杨霞由队友变成了对手。

而现在赛场相见，两个人在还没有见面时，就不约而同地说："我会以平常心对待，争取发挥自己最好的水平。"让她们预测一下谁最有可能获金牌时，两人又都将这个"殊荣"让给了对方。

赛前，中国台北队向杨霞做了大量的攻心工作。中国台北队的队医悄悄对杨霞说："杨霞，你的实力强，可要手下留情啊！"

杨霞爽朗地说："你放心，我不会赢得很多的。我只要赢一点点，我们是师姐妹啊！"

他们的另一个教练说："你看黎锋英嫁到台北过得非常好，我在台北也给你介绍一个，你看怎么样？"

杨霞机敏而幽默地说："黎锋英已经嫁给你们最好的教练了，我要去了的话，什么人合适呀？"

其实，黎锋英的实力非常突出。在比赛过程中，如何在战术上突破杨霞，她曾设想了很多方案，在抓、挺开把重量上，黎锋英两次突然更改重量，意图打乱杨霞的节奏。

但是，中国队谋划得更为周密。前一天，为准备中国女将这第一仗，举重队的战术研究会从21时一直开到凌晨2时，仅比赛方案就准备了4套，几乎把比赛中的各种变化都预料到了。

现在，面对黎锋英的变阵，教练沙峰果断决定："你变你的，我举我的。"

第一次试举，黎锋英将重量调整为92.5公斤，并顺利过关。随后出场的杨霞把95公斤举过头顶。

第二次试举，黎锋英在欢呼声中上场，举起了98公斤的重量，破了抓举97.5公斤的世界纪录，意图抢占先机。杨霞不乱阵脚，仍坚持先举97.5公斤，试举成功。

15时02分，抓举第三次试举，黎锋英冲击100公斤失利；杨霞冲击100公斤，却一举成功，破两分钟前由中国台北黎锋英创造的98公斤的世界纪录。

对此，沙峰激动地说："小姑娘真争气，很稳地举了起来。外人不知道她正在例假中，腰有点软，能临阵不乱，举出她训练中的最好成绩，很难得！"

经过几轮比赛，形成了中国选手杨霞和中国台北选手黎锋英两人的决斗场面。而另外8位选手在抓举结束时，排在首位的印尼选手的成绩才90公斤。

对应状态，抓举改变了杨霞被动的局面。

黎锋英强项落败，杨霞的强项则在挺举。决定胜负的较量开始了，交锋紧张而激烈。

16时，挺举第一次试举，杨霞举起122.5公斤，破中国台北黎锋英在希腊雅典世界锦标赛上创造的121.5公斤的世界纪录。她的总成绩达222.5公斤，破中国孟宪娟保持的217.5公斤的世界纪录。

在第二把 125 公斤的较量上，黎锋英因抓举影响了情绪，结果试举失败。

16 时 03 分，挺举第二次试举，杨霞大吼一声，干净利落地挺起了 125 公斤，再破她本人刚刚写下的单项与总成绩两项世界纪录，总成绩为 225 公斤。

后来，沙峰说："实际上当时形势很危险，如果对方挺起这个重量，就逼杨霞得上 127.5 公斤，按她今天的身体状态，能否成功很难说，我们凭借战术上的运作，巧妙地避免了这一危险的决战局面。"

杨霞成功了，并书写了第二十七届奥运会开赛以来一个人破世界纪录次数最多的纪录。

杨霞走上领奖台的那一刻，在座的观众都为她欢呼。一个澳大利亚人从护栏上跳进场去，让杨霞给他签了名。尽管他被警察架了出去，但他还是满面笑容地对杨霞竖着大拇指。

在悉尼会展中心，杨霞望着五星红旗升起，听着《义勇军进行曲》响彻会展中心，她激动不已。

陈晓敏获得举重第一

悉尼时间2000年9月19日14时30分，在悉尼会展中心，第二十七届悉尼奥运会女子63公斤级举重比赛准时开始。

参加63公斤级比赛的共有9名选手。在抓举的比赛中，中国队选手陈晓敏被安排在最后一个出场。

陈晓敏这次的主要对手是俄罗斯选手波波娃。她虽只是去年世界锦标赛的铜牌得主，但进步很快。

抓举的第二把，波波娃要了个102.5公斤，并获得成功。

陈晓敏从一开始精神状态就非常好，而且信心十足。她想压着波波娃比。因此，她顺势把开把的重量改为105公斤，并且顺利地一举而起。

这就逼着波波娃第三把要了107.5公斤的重量，结果也抓举成功，而且超过了陈晓敏2.5公斤。但是她已经第三把举完，只能停留在107.5公斤成绩上。

这时，陈晓敏还有两次机会。第二把陈晓敏轻松地举起了110公斤。这一举，平了中国选手雷丽1999年5月在世界大学生举重锦标赛上创造的世界纪录。

第三把，陈晓敏又成功地举起了112.5公斤，重新创造了这个级别抓举的世界纪录。

接下来，挺举比赛的角逐依然在陈晓敏和波波娃之间展开。

波波娃第一把举起了 127.5 公斤，随后陈晓敏则轻松地举起了 130 公斤。

此时，陈晓敏的总成绩达到了 242.5 公斤，打破了中国选手熊美英 1999 年 11 月在第十三届世界女子举重锦标赛上创造的 240 公斤的世界纪录，并领先了波波娃 7.5 公斤。

接着，波波娃又要了 135 公斤。如果这个重量她能举起来，总成绩就与陈晓敏持平，但由于陈晓敏的体重比波波娃重，金牌就会落到波波娃手里。

然而，波波娃两次试举都没有成功。这样，大局已定，尽管陈晓敏第二把的 135 公斤也没有举起来，但总成绩已在波波娃之上。遗憾的是陈晓敏因为腰伤，也没能创 132.5 公斤的挺举世界纪录。

悉尼第二十七届奥运会女子举重比赛的 63 公斤级的陈晓敏获得了冠军。她在 5 次试举中，只用了 4 次，就以 242.5 公斤的总成绩取得第一。

陈晓敏站在高高的领奖台上，当国歌奏响，五星红旗升起的那一刻，她眼里闪出激动的泪花。

后来，陈晓敏曾满腔豪情地说："我到这里就是来拿奥运冠军的。"

陈晓敏走下领奖台，场外的一位澳大利亚的老太太在自己老伴的搀扶下也要挤上来亲她一下。

中外记者蜂拥而至，一位记者问她："您现在最大的愿望是什么？"

陈晓敏说："就是想把得金牌的消息告诉爸爸妈妈。"

于是，这位好心的记者用自己的手机拨叫陈晓敏家乡的电话。

其实，在陈晓敏夺取金牌的时刻，广东鹤山市政府二楼西会议厅里也是非常热闹。

5年前曾在这里为陈晓敏开过世锦赛冠军的庆功会，今天又是在这里，鹤山市及体委的领导，陈晓敏的爸爸妈妈以及老师、启蒙教练，都聚集在这里的电视机前，看陈晓敏在奥运会上的比赛实况，期盼着陈晓敏取得好成绩。

陈晓敏的爸爸妈妈坐在最前边。每当陈晓敏出场获得成功时，鼓掌、叫好的总是别人，晓敏的爸爸妈妈只是为自己的女儿松了口气。

外国选手失利时，老两口也会为她们感到惋惜。当陈晓敏奥运冠军到手，全场一片欢腾时，发自心底的喜悦才使老人笑了。

当陈晓敏在电视屏幕里向父母讲话时，两位老人不禁喜泪流淌。

林伟宁获得举重冠军

悉尼时间2000年9月19日下午，第二十七届悉尼奥运会女子69公斤级举重比赛，在悉尼会展中心举行。

中国队选手林伟宁这次肩负的内定任务是，拿下女子69公斤级的金牌。

女子举重，中国多年在这个项目居世界领先地位。按原来分析，本届奥运会上中国拿4块金牌，实现"大满贯"应不成问题。

21岁的林伟宁具有相当强的实力，在1999年的亚洲女子举重锦标赛上一鸣惊人，把这个级别总成绩的世界纪录提高到252.5公斤。在今年国内的3次选拔赛上，夺得三连冠。

比赛开始，林伟宁被排在这个级别的A组，共15名选手参赛。林伟宁的主要对手，是匈牙利31岁老将马库斯和印度26岁名将玛德丝沃丽。

马库斯和玛德丝沃丽在抓举第一次试举时，就举起了105公斤的重量。

最后一个上场的是林伟宁，她要了107.5公斤，并且稳稳地把杠铃举了起来。

但玛德丝沃丽也在第二次和第三次试举中，分别成功地举起了107.5公斤和110公斤。

马库斯第二把就要了 110 公斤的重量，试举也获得成功。

林伟宁第二把也要了 110 公斤的重量，并且顺利过关。

马库斯第三把一下子举起了 112.5 公斤，并且创造了这个级别抓举的世界纪录。遗憾的是林伟宁没有抓起这个重量。

这样，在抓举比赛中，林伟宁输给了马库斯 2.5 公斤。林伟宁要夺金牌，必须在挺举中先把这 2.5 公斤追回来，这仗可就有些凶险。

其实，这种险情早在教练的应对方案之中。因为林伟宁参加大赛比较少，临场经验有所欠缺，加上来悉尼之后，吃睡不好，体重也降下不少，昨天夜里只睡了 4 个小时，再加上心里紧张，水平的发挥自然会有所影响。

在昨晚的碰头会上，教练们提出：林伟宁现在的关键是要稳住自己，迷惑对方。要落实抓举落后时的应对方案，一旦抓举落后，挺举要高报低开，最后要报 137.5 公斤，举 132.5 公斤时等下一把，林伟宁先不要急着要 135 公斤，那么其他选手也都不敢要。

林伟宁还占着体重的优势，她的体重 66.74 公斤，比在场的任何一个选手都轻，这时候即使她们举起来了，一比体重也是白举。经过细心研究，方案就这么最后敲定。

现在，马库斯抓举压倒林伟宁 2.5 公斤，玛德丝沃丽与林伟宁的成绩持平。在这场比赛中，只有坚决按应对方案打了。

挺举比赛开始，林伟宁从心底对自己发出一声呼喊："我的对手就是我自己。"

刚刚创造了抓举世界纪录的马库斯，一开把就挺起了125公斤。

随后，当杠铃上的重量增加到130公斤时，多数选手都已败阵放弃了。

林伟宁第一把就要了132.5公斤，并成功地把杠铃高高地举过了头顶。这一举，一下子把她在抓举时落后于马库斯的2.5公斤追了回来。

此时，在这个重量上剩下的只有林伟宁、马库斯、玛德丝沃丽3人。林伟宁还有两次上场的机会，而马库斯和玛德丝沃丽却只有一次了。

林伟宁第二次出场，要的是137.5公斤，可惜没有成功。

玛德丝沃丽一看林伟宁失败，于是她也要了这个重量，也没有举起来。

马库斯看到前面两人都没成功，试着也向这个重量冲击了一把，同样也失败了。

林伟宁已经不必再出场了，69公斤级的冠军已经诞生了。这是因为，林伟宁和马库斯的成绩都是242.5公斤，但是林伟宁的体重比马库斯轻1.73公斤，这块金牌自然非林伟宁莫属。

唐琳勇夺柔道金牌

悉尼时间2000年9月21日晚，在悉尼娱乐中心柔道赛场，第二十七届悉尼奥运会女子柔道78公斤级的比赛将在这里举行。

悉尼奥运会规定，每个级别一个国家只能派一名选手参赛。中国队在决定女子柔道谁是78公斤级的参赛选手时，费了一番工夫。唐琳因既有勇气且有计谋、敢打敢拼、头脑冷静而入选。

78公斤级这个项目，不是我国柔道的强项，中国柔道的优势在大级别。但是柔道队提出的口号是在本届奥运会上"全面出击，力争新突破"。所谓新突破，对78公斤级来说是争块奖牌。

论实力，唐琳不是最强的。但从预赛开始，她就一场一场地拼。第一场比赛她的脚就磨破了，而且后来的4个对手都拿过这个级别的世界冠军。

唐琳没有在乎这些，反而越战越勇，越打越顺。因而，她在复赛时，赢比利时选手拉克尔也赢得非常漂亮。

最后，唐琳闯入了冠军争夺战，对手是法国的勒布朗。这个运动员的特点是力猛气足，两年前她们曾交过手，双方各有胜负。

早在唐琳备战阶段，勒布朗一直是唐琳备战奥运会训练的重点假想敌。她的四五个男陪练中，专门有人天天模仿勒布朗的动作供她破解。凭现在唐琳的功力和精神状态是有取胜机会的，但这种时候又绝对麻痹不得。

当时，领队郭仲恭找唐琳反复谈心，为她及时调整好心态。教练程志山在战术技术上作了精心部署，要求唐琳尽量避免被对手过多抓住，要发挥自身灵巧的优势与对手周旋，然后捕捉胜机。

此时，决赛开始了。两分钟过去，双方都没有得分，双方你来我往打得难解难分。

到第三分钟，唐琳终于到手一个"有效"，勒布朗也得了一个"有效"。

尽管最后勒布朗将唐琳压在身下，但唐琳死死顶住，没被勒布朗翻过身来。

决战还剩下最后的28秒，这时主裁判要求唐琳和勒布朗各自整理一下凌乱的柔道服。

身穿白色柔道服的唐琳不错眼珠地盯着她的对手，身着蓝色柔道服的勒布朗则不服气地环视了一下周围。

裁判挥手，宣布比赛重新开始。

此时，勒布朗猛地一把抓住了唐琳的衣襟。唐琳往后退，双手边拍打边试探对方，冷静地寻找战机。

突然，她一个箭步贴紧勒布朗，顺势便把左手伸到了勒布朗的背后，猛然发力，右手抓住勒布朗往上提，脚下同步上了绊子。

此时的勒布朗被倒着拎了起来，为了防止双肩触地，她只能用双手撑着，保持这种姿势。这是勒布朗在比赛的4分钟之内被迫出现的第三次。

双方僵持了一会儿，勒布朗趁唐琳调节呼吸的机会，借力反推唐琳，两人同时倒地。

但唐琳机敏地用双肘撑地，以跪姿保护自己，勒布朗则顺势压上了唐琳的肩膀。

两秒钟后，比赛结束。勒布朗先兴奋地举起了右拳以示她赢了。

但是，公正的裁判判定为：最后28秒主动进攻的是唐琳，而勒布朗始终处于被动状态。

代表唐琳白方取胜的白旗被高高地举起。

龚智超羽毛球单打摘金

悉尼时间 2000 年 9 月 22 日，第二十七届奥运会羽毛球单打决赛在悉尼体育馆举行。

中国羽毛球队早在出征悉尼奥运会时，金牌数就定为要超过上一届。在上届亚特兰大奥运会上中国只获得女双一枚金牌。

在夺金的道路上，中国队的最强对手是丹麦的马汀。她在 1999 年的世锦赛上单枪独骑突破了中国女单集团军式的防守，夺得冠军，在一些公开赛上相继战胜了中国的几员大将，成为中国女单在世界大赛上夺冠的最强大的劲敌。

因此，在备战奥运期间，围绕马汀展开针对性极强的训练便成为中国女单选手的首要任务。在以往与马汀的交锋中，战绩最好的是龚智超。

龚智超此时世界排名第一，属于拉吊突击型打法。她步法灵活、球路多变、防守稳健、反击凌厉，经常多拍球黏得对手没了锐气，并且心理素质好，发挥稳定。

马汀曾表示，她最怵龚智超这种打不死的"橡皮球"。

在小组赛的分组抽签中，身为一号种子的龚智超被分在了上半区，而队友戴韫作为三号种子则与马汀被分在下半区。

9 月 17 日，龚智超以 2 比 0 淘汰中国香港选手凌婉婷，晋级 16 强。

9 月 18 日，龚智超以 2 比 0 击败印尼刘沁薇，进入 8 强。

9 月 19 日，龚智超再以 2 比 0 战胜日本的水井泰子，闯进前 4 强。

同时，戴韫也顺利进入 4 强。

9 月 21 日，龚智超以 2 比 0 战胜对手，杀入决赛。

而在另一场半决赛中，戴韫却没能战胜马汀，遭到惨败，以 0 比 2 负于马汀。

可以说，马汀在本次比赛中状态非常稳定，场上对球的处理很冷静，牢牢地控制着场上的局势。

面对强劲的对手，龚智超却非常有信心。在 5 月的决赛中，龚智超曾经战胜过马汀，为中国队捧杯奠定胜局。她坚信自己在战术和心理上都占有优势。

9 月 22 日晚，争夺冠军的比赛开始了。龚智超的开局并不顺利，在以 5 比 4 领先后，马汀逐渐占了上风。她利用龚智超的几次失误连续得了 5 分，以 9 比 5 领先。

龚智超利用一个精确刁钻的吊球追回 1 分。马汀判断失误，没有接一个看似出界的球，让龚智超追到 7 比 9。

这时龚智超回球出界，形势危急。龚智超没有放弃，更不保守，她加大了攻守的力度，结果连拿 6 分，以 13 比 10 赢得了首局。

第二局，马汀已经心虚气短，只是在开局不久得了 3

勇战悉尼

分。龚智超发挥她的优势，打得马汀手忙脚乱，连续得分，最后以一记漂亮的扣杀将比分锁定为 11 比 3。

最终，龚智超以 2 比 0 拿下决赛。她兴奋地跳起来，随后与教练相拥而泣。奥运会羽毛球颁奖仪式上，龚智超热泪涟涟，她在泪花中微笑。

作为一个羽毛球运动员，龚智超的先天条件并不优越，1 米 63 的身高，52 公斤的体重都使她显得过于瘦小单薄。能够在人才济济、实力雄厚的中国女单选手中争得主力之位，并且取得今天的成绩，靠的是她自己的不懈努力和队内良好的竞争机制，以及她把握机会的能力。

在龚智超的床头，挂着写有这样警句的字幅：

弱者等待机会，强者创造机会，智者把握机会。

葛菲顾俊羽毛球双打夺冠

悉尼时间2000年9月21日，在悉尼体育馆举行第二十七届悉尼奥运会羽毛球双打比赛。

在这场羽毛球双打比赛中，我国选手是葛菲、顾俊和黄楠雁、杨维，实力都极为雄厚。

尤其是葛菲、顾俊，她们曾在1996年亚特兰大奥运会羽毛球女子双打决赛中，以两个15比5的绝对优势轻松地击败了韩国的吉永雅和张惠玉，实现了中国人在奥运会赛场上羽毛球金牌零的突破。

葛菲、顾俊皆为江苏籍选手，是世界羽坛有史以来最成功的女双组合之一，世界排名一直稳居前茅。

她俩配合默契、技术全面、战术灵活、打法凶狠、防守稳健，葛菲司职前场，顾俊侧重于后场进攻。

葛菲是一位性格内向，不善言谈的姑娘，而顾俊的性格正好与她相反，她们在性格上互补，反而使事业更加顺畅。

第二十七届澳大利亚悉尼夏季奥运会仍然延续着她们强劲的势头。

在开始的4场比赛中，她们以120比45的总比分晋级决赛，只是在半决赛中的一局比赛中失分达到7分，但最终获得成功。

接下来，葛菲、顾俊便十分轻松地战胜同样进入决赛的队友黄楠雁、杨维，一举蝉联了奥运会羽毛球女子双打冠军。

赛后，顾俊对记者说："最后这场夺冠赛压力并不大，不像上届奥运会决赛，对手是世界冠军韩国的张惠玉、吉永雅。上届年龄小，是冲击，为中国羽毛球拿了第一枚奥运金牌。这次呢，前几场有些压力，因为别人目标瞄准我们，还好正常发挥，进了决赛与队友会师。夺金牌高兴的同时要感谢队友，她们拼得很凶，把韩国对手挡在决赛之外。"

葛菲说："虽然教练都认为我们这块金牌希望最大，但我们俩一直没敢大意，坚持训练基本技术和身体素质，协调配合。现在年龄在队里算大姐姐了，同时还产生了一种高处不胜寒的感觉。"

此外，葛菲表示："奥运会回去后，第一件事是回家乡南通好好休息一下，以后再做打算。"

可以说，顾俊与葛菲的成功从体育的角度对"集体智慧"做了最好的诠释，她们成功的模式不仅是中国羽毛球队的财富，也对其他集体项目具有普遍意义。

丁美媛勇夺举重金牌

悉尼时间 2000 年 9 月 22 日，第二十七届悉尼奥运会女子 75 公斤以上级举重比赛，在悉尼会展中心开战了。

2000 年第二十七届悉尼奥运会，第一次把女子举重列入了比赛项目。中国队派出了丁美媛、杨霞、陈晓敏、林伟宁四员女将，分别参加了 4 个级别的比赛。

女子 75 公斤以上级别的比赛是奥运会女子举重最后一个项目。参加比赛的中国选手是丁美媛。

这几天，那 3 个姐妹已经全部赛完，各自拿了一块金牌乘飞机回了国。担任女队队长的丁美媛心里有点急。但她表现得却很沉静，每天都按计划到训练馆训练。

早在比赛的前一天晚上，21 日 24 时，重竞技运动管理中心主任韦迪召集女举总教练张闻喜等有关人员开会，再次研究明天丁美媛的比赛战术。从领先了怎么办，到落后了又怎么应对，每个具体细节都推敲得仔细周到。会议原定半个小时，结果一直开了两个半小时。

9 月 22 日 14 时 30 分，争夺女子 75 公斤以上级举重桂冠的比赛开始了。

在比赛中，丁美媛的对手是波兰选手弗伦贝尔，19 岁，体重 119.42 公斤。而丁美媛 21 岁，身高 1.68 米，体重 103.56 公斤。

　　她们曾在去年的第十三届世界女子举重锦标赛上较量过，结果弗伦贝尔以 5 公斤之差输给了丁美媛，获得了银牌。

　　但今年 6 月，弗伦贝尔在国内的一次比赛中，将丁美媛在世锦赛上创造的总成绩 285 公斤的世界纪录提高到了 290 公斤。来悉尼奥运会前，她扬言要以总成绩 300 公斤的新纪录压倒丁美媛。

　　比赛开始了，第一把试举，弗伦贝尔出师不利，125 公斤虽然抓起来了，但是没有挺住，失败了。

　　接着，丁美媛第一把便举起了 130 公斤，并打破世界纪录。

　　第二把试举，弗伦贝尔抓举起 125 公斤。然后，第三把试举直冲新世界纪录，抓起了 132.5 公斤，并刷新了刚才丁美媛创下的 130 公斤的纪录。

　　丁美媛第二把要的是 135 公斤，因为发力过早而失败。教练立即帮她调整了情绪。接着，丁美媛第三把试举，成功举起了 135 公斤，比弗伦贝尔刚刚创下的 132.5 公斤的世界纪录超出了 2.5 公斤。

　　抓举之后，挺举的争夺战也是在她们两人之间进行。

　　第一把，弗伦贝尔举起 155 公斤。丁美媛则成功举起了 157.5 公斤。

　　第二把，丁美媛 162.5 公斤一举成功，并创世界新纪录。弗伦贝尔第二把同样也举起了这个重量。这就逼着丁美媛第三把重新要重量。

第三把，丁美媛要的是 165 公斤，只见她健步走到杠铃前，迅速翻把、挺起，稳稳地将杠铃举过头顶。

在丁美媛成功举起这一重量后，弗伦贝尔第三把必须举起 170 公斤的重量才能拿到金牌。但是，她已经力不从心，在丁美媛的神勇面前退却了。

最终，丁美媛以 300 公斤的总成绩获得本届奥运会女子举重 75 公斤以上级别的金牌，同时创造了 135 公斤抓举、165 公斤挺举和 300 公斤总成绩 3 项世界纪录。

丁美媛大获成功，使中国女子举重队在第二十七届奥运会上，夺金率达到了 100%，实现了空前的"四连喜"。

袁华喜获柔道第一

悉尼时间 2000 年 9 月 22 日，第二十七届悉尼奥运会女子柔道 78 公斤以上级的比赛，在悉尼娱乐中心柔道场举行。

昨天唐琳拿走了 78 公斤级的金牌，现在就看袁华的了。刘永福对他的爱徒信心十足，他说："只要袁华不失手，冠军就是我们的。"

10 时，刘永福怕班车误点，就带着袁华从奥运村出发，提前到了柔道馆，准备 14 时 30 分开始的预赛。

柔道比赛，一个级别从预赛到决赛一比就是大半天，在进入半决赛后的 3 个多小时的休息时间里，要是回奥运村，时间就都跑在路上了，袁华和师傅没有回去。他们美餐了一顿扬州炒饭，袁华便倒头睡在那嘈杂的休息室里了。

刘永福说："这个时候，只有睡得着的运动员才有资格拿奥运会的冠军。"

袁华今天的运气特别好，她抽到了一个上签，第一轮轮空。只要下午连胜两场就可以轻松进入半决赛。

下午，袁华只用了 2 分 30 秒，就把新西兰和巴西的两个"大块头"摔到垫子上弹了起来，以两个"一本"进入半决赛。

在半决赛中，袁华的对手德国的考依潘斯体重比她重30多公斤，而袁华的身高是1.72米，体重是98公斤。

在柔道场上，善于运用"背负投"的袁华，在几次抢到"里手"以后都没得到机会下手。

场下，教练刘永福使劲挥了一下手中的矿泉水瓶，袁华立即意识到要改变战术。

于是，在进攻路线上，袁华采取了从正面突破，考依潘斯一看对手从正面来，想靠自己的身高马大，用蛮劲来制服袁华。

袁华一看考依潘斯也变了招数，放弃防守而改为进攻，她知道机会来了。只见袁华一伸手，便把考依潘斯重重地摔在垫子上。

考依潘斯趴在榻榻米上面迟迟起不来，最后队医进来，将其搀扶退场。

与袁华相逢于决赛的是古巴的贝特瑞恩，她在78公斤以上级也是属于"迷你"型的，身高1.75米，但体重比袁华高出10多公斤。在速度、灵活性和爆发力上与袁华的特点相似，而且在预赛和半决赛中也和袁华一样都是以"一本"取胜。

决赛开始，袁华的进攻一刻也没有停止，前30秒进攻与反进攻的战术，双方表现得淋漓尽致。30秒钟过去，在比赛中，谁也没有接触到谁的身体。

在接下来的时间里，贝特瑞恩见占不到便宜，就变成以防守为主。袁华想抱贝特瑞恩的里把，贝特瑞恩也想抢袁华的里把。

　　随后，袁华在几个回合的争夺中占了先手，对贝特瑞恩实行了 5 次抱摔，其中 3 次取得明显效果，把对方摔倒。

　　虽然裁判吝啬，连起码的最低分也没给，但是，根据比赛规则，如果双方都没得分，也要根据摔倒的次数来判输赢，摔倒对方一次即算一次进攻。袁华在裁判的印象中已经领先了。

　　果然，4 分钟后，3 名裁判一致判定袁华胜出。袁华以绝对的优势战胜了古巴的贝特瑞恩获得了金牌。

　　为了这短短的 4 分钟，袁华整整付出了 13 年。后来，袁华说："我今年都 26 岁了，按说算老将了，今天开花结果有点晚！"

孔令辉捍卫单打荣誉

悉尼时间 2000 年 9 月 24 日下午，在悉尼体育馆，第二十七届奥运会男子乒乓球单打半决赛即将开始。

在乒乓球半决赛中，一对选手是瓦尔德内尔对刘国梁主演"斗智"；一对选手是孔令辉对佩尔森。

这 4 名来自中国和瑞典的世界级名将，谁胜利谁就将进入争金牌的决赛。

孔令辉和佩尔森均属实力派，这场比赛被徐寅生称为"真正实力的较量"。

果然，双方都施展出正反手弧圈的高超技巧，对攻对拉的场面精彩纷呈，相持球也较多。

由于孔令辉的相持技术好，在小球的处理上又占了优势，因此，孔令辉最终以 21 比 12、13 比 21、21 比 16、21 比 13 淘汰了瑞典老将佩尔森。

接下来进行的是被徐寅生称为"一场智力较量"的比赛，由瓦尔德内尔对刘国梁。这两位堪称当今世界乒坛最聪明的选手，打出了许多精妙绝伦的球。

但在智慧的碰撞中，瓦尔德内尔明显地高出刘国梁一筹，刘国梁精心设计的战术有一大半都被其识破而化解，使得张燮林边看比赛边无奈地摇头。

刘国梁在半决赛中以 0 比 3 输给瓦尔德内尔，再次引起对中国直拍快攻打法的纷争。

瑞典老将瓦尔德内尔在击败刘国梁后说："明天乒乓球男单决赛胜负率各为 50%，但我对孔令辉有心理和经验的优势。"

接着，瓦尔德内尔又说："从 7 月的中瑞对抗赛和今天的半决赛看，孔令辉的技术又有了明显提高，尤其是他的反手，拼掉了以反手见长的佩尔森，说明孔令辉在奥运会前下了大功夫。"

瓦尔德内尔预测，他与孔令辉的比赛将更紧张，速度更快。

瓦尔德内尔那神出鬼没的发球，炉火纯青的前三板功力，细腻的台内球技术，随机应变的技战术组合，曾让许多中国选手产生"恐瓦症"。

35 岁的瓦尔德内尔站在孔令辉对面，在孔令辉眼中，瓦尔德内尔不只代表瑞典，还代表整个欧洲。

欧洲乒乓选手从未像今天这么团结过。一年来，他们一起训练，一起研究对付中国人的办法。

一位法国教练说："无论哪个欧洲国家获得奥运会男单冠军，金牌都属于整个欧洲。"

瓦尔德内尔号称"游击队长"和"常青树"。在他的"金库"里，有 1 枚奥运会金牌，6 枚世乒赛金牌，1 尊世界杯，9 枚欧锦赛金牌，7 枚欧洲十二强金牌。

此时，中国的孔令辉可能心态比较复杂。奥运会乒乓球比赛已经进入尾声，中国队按预算的方案顺利地包揽了女单、女双和男双金银牌，剩下一块难啃的骨头就是男子单打。孔令辉能不能实现"大满贯"的梦想，中国队能不能再次全包4枚金牌，就看这男单最后一战了。

孔令辉要想战胜瓦尔德内尔，第一是摆正心态，忘掉6次连败在刘国梁手下的经历，增强信心。这次是孔令辉第一次打入奥运会男单决赛，心理上不能有包袱。第二是接好瓦尔德内尔的发球。

从相持实力来看，孔令辉要强于瓦尔德内尔，无论是速度和力量上比老瓦都要快和强。但是瓦尔德内尔擅长的是前三板，如果孔令辉接不好发球，处理不好前三板，那根本就没机会打相持球。可以说，只要孔令辉处理好接发球，他就有可能为中国乒乓球队赢得第四块金牌。

9月25日晚，在能容纳5000名观众的悉尼国立体育馆，乒乓球男单决赛揭开了战幕，孔令辉与瓦尔德内尔"狭路相逢"。

第一局，孔令辉直接吃发球只有一次，在相持中孔令辉果然占据明显优势，而老瓦为求稳不敢发力，这就让孔令辉较顺当地拿下第一局。

第二局，几乎是第一局的翻版，最后时刻，老瓦又是两次拉球失误，以两分之差告负。

当孔令辉以总比分2比0领先时，几乎在场的所有人都以为比赛将在第三局结束。而蔡振华则预感大局难定，不到第五局这场比赛不会轻易收场。

　　果然，第三局开局，瓦尔德内尔把他的那两项高招都亮了出来，用发球来抢攻，用反限制来控制孔令辉的球路。结果，孔令辉毫无应对办法，连丢两局。

　　决胜局就要开始了，蔡振华提醒孔令辉说："一定要敢于接他的发球，而且要大胆地接，不要怕失误，如果老选择保险的接法，对手的进攻将会肆无忌惮，一定要把球送到他最难受的地方。"

　　战局再开，蔡振华的点拨收到奇效。由于孔令辉一下子在教练的提示下清醒过来，频频用反手切瓦尔德内尔的发球，老瓦连续拉球，但不是出界就是下网。

　　发球失灵的瓦尔德内尔马上出现了连锁反应，反限制战术也接着失灵。

　　孔令辉一鼓作气，把决胜局比分拉大到 9 比 1。如此大的分差，基本上决定了瓦尔德内尔的败局。

　　老瓦在 13 比 18 落后时试图作最后挣扎，但两次拉球失误使他信心全失。最后一球，瓦尔德内尔又直接把球打入网内。

　　在 3000 多中国同胞的呐喊声中，在数十面五星红旗挥动下，孔令辉以 3 比 2 战胜瑞典名将瓦尔德内尔获得冠军，为中国乒乓球队征战悉尼奥运画下了圆满句号。

　　这样，中国乒乓球队在奥运会上第二次包揽金牌的愿望终于成为现实。

　　孔令辉也同时成为继瓦尔德内尔、刘国梁之后的第三位国际乒坛"大满贯"得主，即世界杯赛、世锦赛、奥运会全拿了金牌。

而在此前进行的铜牌争夺战，也在中国和瑞典选手之间进行。已经走出昨晚失利阴影的刘国梁以 21 比 18、19 比 21、21 比 14 和 21 比 13 战胜瑞典名将佩尔森获得铜牌。

决赛之后，瑞典报纸甚至中国媒体纷纷发表文章，称赞瓦尔德内尔在悉尼奥运会乒乓球男子单打决赛中虽败犹荣。如果不是在决定性的第五局开始时频频失误，金牌将非他莫属。

有人说过一句富有哲理的话，当代世界乒坛上，若是没有了像瓦尔德内尔这样一批精英俊杰，多年逼得中国队寝食不安，决心图新图强，中国乒乓球不会取得如此长盛不衰的伟大业绩。

孔令辉也说："我从小一直看着老瓦打球长大，他是一个令每一位运动员都尊敬的运动员，无论是他比赛中的成就，还是打球的天分。当然，能在这样重大的奥运会比赛中战胜他，这是我一生非常骄傲的一件事。"

王楠捍卫单打冠军宝座

悉尼时间2000年9月24日晚，在悉尼体育馆，第二十七届悉尼奥运会乒乓球女子单打决赛拉开了帷幕。王楠、李菊将在今晚争夺这场决赛的冠亚军。

前几天她们刚刚携手为中国队夺得本届赛会的女双金牌，现在却隔网对峙，为本届奥运会乒乓球女子单打的金牌展开争夺战。

其实，王楠、李菊争来今晚的决赛权并不容易，不过总算是有惊无险。

早在9月20日，在女单第二轮中第一次亮相的王楠以3比0拿下新西兰的李春丽，而李菊却与俄罗斯的梅尔尼克小将苦战五局才赢得比赛。

这样，王楠和李菊进入了16强，中国队新手孙晋则败在了在新加坡打球的原中国球员井浚泓手下，首战便落马出局。

9月21日，在女单16进8比赛中，李菊打得比较顺利。而王楠前三局竟以1比2落后于新加坡的李佳薇，第四局又以16比20落后，只差一分，王楠就会被挤出前8名。关键时刻，王楠顶住了，她连追4分后反败为胜，然后再胜一局，在大势似乎已去的局面下淘汰了李佳薇。

9月22日，王楠这天频频撸着短袖，以21比19、21

比 8 和 22 比 20 淘汰了日本老将小山智丽。

对此，中国教练说："王楠一撸袖子，杀气就来了。"

而李菊在今天的比赛中先失一局，以 12 比 21、21 比 14、21 比 19 和 21 比 5 淘汰了韩国的柳智慧，锁定了半决赛的席位。

9 月 23 日，在女单半决赛中，王楠与中国台北选手陈静展开了争夺战。

在这场比赛中，王楠擅长的正手位弧圈球具有较大的杀伤力，相持能力强；陈静则以反手位的快打，配合以正手位的抽杀见长，速度上要优于王楠。因此在比赛中，如何制约对手，发挥自己的特长，就成为这场比赛胜负的关键。

第一局，陈静采用了一种用反拍生胶皮回半高球的办法，这是赛前王楠准备多种打法中没有想到的。王楠很不适应，回球失误较多，显得非常被动。

陈静利用反手位击球速度快的特点，坚决打王楠的反手，使其不能发挥正手侧身抢拉弧圈球的特长。

另外，她对王楠正手位的进攻应对得很好，常常打回头球。在速度与旋转的对抗中，速度占了上风。因此，在第一局中，陈静战胜了王楠。

由于陈静今天对王楠发的近网旋转球接得非常好，使王楠不能轻易地上手。因此，从第二局开始，王楠采用了发长短不转的球，让对方首先挑起来，然后用自己的弧圈球旋转较强的特点，与陈静的反手快攻快压争斗，收到了比较好的效果，于是比分一路领先。

然而，陈静在 8 比 15 落后的情况下，采用正手突击的打法连连奏效，打得很坚决，造成王楠连连失误，将比分反超到 19 比 18 和 20 比 19。

最后，在拼毅力和心理的关键时刻，王楠占了上风，以 22 比 20 险胜陈静。

其实，早在赛前，教练在准备会上就曾告诉王楠，一旦自己的特长无法攻破陈静的特短时，就干脆和她拼特长，即用自己的正手弧圈球与对方的反手快攻快打相拼，以旋转与速度对抗。

因此，尽管第三局开始陈静的反手快攻再度奏效，但王楠坚决贯彻教练的战术，以发不转球为主配合落点的变化，与对方周旋。特别是对几个关键球处理得很好，使陈静因急躁而失误增多。

最后，王楠又以 21 比 17 和 21 比 15 拿下两局。

结果，王楠以 3 比 1 淘汰了陈静，为中国队最终获得奥运会乒乓球女子单打金牌，扫清了又一个障碍。

同一天的另一场半决赛中，李菊赢得也比较艰难。但是，最终李菊还是以 3 比 1 战胜了井浚泓。

9 月 24 日晚，悉尼奥运会乒乓球女子单打最后决战开始。王楠与李菊登场比赛。

这场比赛，王楠与李菊都发挥了极高的水准，相互对攻对拉，斗智斗勇斗技术的精彩场面不断出现，给全场观众带来了一次最高水准的"乒乓艺术"享受。

第一局，王楠以 21 比 12 获胜。但在接下来的第二局和第三局中，李菊以 21 比 12 和 21 比 19 连扳两局。

从第四局开始，双方都拿出了自己的看家本事来进行对打。王楠以 21 比 17 赢得了这一局。

第五局，在比赛中，王楠以 21 比 18 获得胜利。最终，以总分 3 比 2，王楠夺得女子单打的金牌。

后来，对于王楠获胜的原因，王楠和李菊在赛后的记者招待会上有所剖析。

王楠表示，今天运气相对稍好一些。她说，自己目前还不能说已经取代了师姐邓亚萍，因为她拿了两届奥运会冠军，而自己只是一届。

李菊则解释自己领先时未能获胜的原因说，她在比赛中对最后的结果考虑得并不多，只是看重过程，心态摆得比较正。因此，她对自己的表现还是满意的，遗憾的是自己有些机会没抓住。

李小鹏勇夺双杠金牌

悉尼时间 2000 年 9 月 25 日，在悉尼奥林匹克公园穹顶体育馆里，第二十七届奥运会男子双杠的决赛即将开始。

今天是奥运会体操比赛的最后一天，谁都知道这是关键时刻。

作为中国体操男队领军人物的李小鹏，在和大家一起如愿以偿地夺得悉尼奥运会最重的一块金牌，即男子团体金牌之后，今天又要在这里参加男子双杠的决赛。

这几天，李小鹏一直憋着一股劲，因为此前，全能比赛的金牌被俄罗斯 24 岁老将涅莫夫夺走了。

今天，李小鹏决心要在男子自由体操和双杠上与涅莫夫一比高下。

双杠比赛一开始就非常激烈，第二个出场的白俄罗斯选手把分数抬高到了 9.775 分。

这样的高分一亮出，一位国际体操联合会的官员说，今天这个项目的金牌可能要上到 9.85 分。

第三位出场的是中国队的黄旭，因为思想压力过大，在下杠时落地不稳，很可惜，只得了 9.65 分。

第四位上场的上届世界锦标赛双杠冠军、韩国的李周炯就拿到了 9.812 分。

第六个出场的就是俄罗斯的涅莫夫。涅莫夫的这套动作虽然难度不大，但做得干净利落，沉着稳健，不时地激起场上一阵阵掌声。听得出来，这掌声是在给裁判施加压力，压裁判抬高分数。

但裁判只给涅莫夫打了 9.80 分。观众席上发出一片不满的"嘘"声。

在场上的嗡嗡声和不满声中，李小鹏上场了。李小鹏面带微笑，轻松地走到双杠前，向裁判举手示意。

他的动作做得极为漂亮，前移杠距离最远；3 个高质量的飞行如行云流水；最后落地时如板上钉钉。

他的整套动作难度大，稳定性高，不但干净利落，而且舒展优美，还比涅莫夫多了一个 D 组动作和一个难度连接。

随后，记分牌上亮出了 9.825 分，场上又是一片欢腾。此时此刻，李小鹏的眼泪先刷地流了出来。

当最后出场的两名韩国选手的分数在记分牌上打出来以后，李小鹏便成为本届奥运会的双杠冠军。

他被总教练黄玉斌和队友们抬了起来，前辈"体操王子"李宁从裁判席上跑过来，他们紧紧地拥抱在一起。

刘璇勇夺平衡木冠军

悉尼时间 2000 年 9 月 25 日 15 时，在悉尼奥林匹克公园穹顶体育馆，第二十七届奥运会女子体操单项决赛将在这里举行。

在刚刚结束的男子双杠决赛中，中国小将李小鹏获得了金牌。随后，刘璇将继续争夺平衡木的金牌。

刘璇是 90 年代中国女子体操队全盛时期的主力队员之一，先后与莫慧兰、奎媛媛等队友并肩作战。在本届奥运会女子体操团体赛上，她作为主心骨为中国队赢得了第三。

今天，刘璇又以预赛 9.712 分列第七名的成绩进入了下午平衡木的决赛。

做准备活动时，教练李晓青对刘璇说："璇子，今天要放开，你捏着劲，是 50% 成功率，放开了，优质套路也是 50% 成功率，大不了就是失败，豁出去就有。"

刘璇说："那我就放开了，大不了就是第八。"

李晓青说："这就对了。"

本来上届亚特兰大奥运会回来就打了退役报告的刘璇，能来再搏今天的悉尼奥运会，就是教练们劝她留下的，并且按照她的特点精细地制订了专门的备战训练计划。

大赛在即，刘璇想起了妈妈的轻声细语："璇璇，比赛不要有压力，保持平衡心就成。"刘璇的母亲谢蔚平当年也是一名体操运动员。

这次参加平衡木决赛的 8 名选手来自 5 个国家，金牌之争主要在中国和俄罗斯之间展开。6 名裁判 4 名来自欧洲，一名来自澳洲，一名来自中亚。

第一个出场的是罗马尼亚选手奥拉鲁，裁判给了 9.70 分。

第二个出场的是美国选手，得了 9.387 分。

第三个出场的是俄罗斯名将洛巴斯尼克，技术动作非常出色，最后她得了 9.787 分的高分。

第四个出场的是俄罗斯的罗迪洛娃，得到了 9.775 分。

第五个出场的是中国队的凌洁，她曾是 1999 年第三十四届世界体操锦标赛的平衡木冠军，但今天似乎有些紧张，在比赛时发生了一点小晃，只得了 9.675 分。

这时，平衡木的夺金重任落到了刘璇的肩上。她明白这可能是她一生在奥运会上的最后一次比赛，也是最后一个夺取金牌的机会。

第八个出场的是刘璇。刘璇身着红黄色体操服，一上场，就把观众吸引住了。观众们屏住呼吸注视着这个面容姣好、身材健美的中国女孩。

只见刘璇轻巧地翻身上了平衡木，在那宽仅 10 厘米的平衡木上，按教练编排动作开始表演。刘璇时而像小鹿奔跳，时而像燕子飞旋，一串"后手翻直体后空翻站木"纹丝不动，动作如行云流水，连接也无懈可击。

刘璇脸上一直洋溢着自信的神采。整套动作姿态优美，舒展大方，流畅细腻，博得观众一阵阵掌声。这时，只要落地站稳，冠军就非刘璇莫属了。

果然，刘璇落地站稳了。场上掌声持久而有节奏，这种掌声只有精彩的表演和东道主的选手才能赢得。观众们用掌声表达着他们的赞美。

刘璇终于后来居上，6 名裁判 3 人给了她 9.85 分，2 人给了她 9.80 分，最低的那个无效分也有 9.75 分。

最终，刘璇在平衡木决赛中，以 9.825 分勇夺金牌，实现了中国体操在该项奥运史上零的突破。

刘璇的这枚平衡木金牌，国内外体操专家给予了极高的评价。美联社说：

> 刘璇的三块奥运奖牌，使她超越马燕红和陆莉，成为中国在奥运史上最成功的女子体操运动员。

此外，一些专家也说：

> 刘璇的动作协调性好，技术细腻，准确到位，表现力强。这个冠军刘璇当之无愧。
>
> 刘璇平衡木动作的"开度"世界第一，没

有一位选手达到她跳跃时的"开度"。

刘璇的跳度、韵律和她在平衡木上的节奏与美感，都是中国选手特有的，俄罗斯和罗马尼亚选手在平衡木上达不到中国选手这么放松自如。

颁奖仪式上，刘璇右手高举鲜花、左手高擎金牌向观众致意。走下领奖台，她流着眼泪说："我感谢所有的人，特别是我的教练。"

9月26日，刘璇又得到了一份意外的收获。获本届奥运会女子体操个人全能金牌的罗马尼亚选手，因被查出服用违禁药物，成绩被取消。而刘璇在该项比赛中原列第四名，递补为第三名，获得了一枚铜牌。

21岁的刘璇，在本届奥运会上以一枚金牌、两枚铜牌为自己的体操生涯画上了一个圆满的句号。

王丽萍竞走爆冷胜出

悉尼时间 2000 年 9 月 28 日，3 架直升机与 1 只汽艇，在悉尼奥林匹克公园上空盘旋着。看台上坐了 11 万人，掌声与欢呼声如同滚雷般不绝于耳。

这一天，31 个国家的 57 名选手，将在这里展开女子 20 公里竞走的比赛。

其实，从 1999 年 5 月开始，女子竞走比赛的距离从 10 公里改为 20 公里后，这一项目就成为除马拉松之外的又一个挑战极限的项目。

此时，虽然教练没有来现场，但王丽萍一丝不苟地按平日比赛的要求，浑身上下把自己再复查一遍。大腿与腋下抹了适量的凡士林。鞋是挑的刚好走了 200 公里的，两只袜子都小心翼翼地穿到熨帖的程度。

枪声响过，为了防止被人踩鞋，王丽萍没有裹在大部队里，走出内场时她只是排在第 22 位。

整个比赛过程中，她都反复地告诫自己："一定要将速度控制在自己的能力范围内，不能有任何侥幸的念头。能跟就跟，太快就不跟，不到时候绝不出头。"

因而，她的节奏掌握得非常好，三分之一路程过后就排到第五名左右。

她的队友、夺金热门选手刘宏宇在她前头，两个人相距不远，有二三十米。

可以说，这是一场残酷而复杂的比赛。俄罗斯两名选手出场不久就吃满 3 张红卡，被早早地罚出了局。

而中国选手刘宏宇在 8 公里处吃了一张红卡，12 公里处又被罚了一张红卡，几乎被逼到了悬崖边上。

而王丽萍则在 13 公里处也吃了第一张红卡。她立即压了压步子，与领先于她的运动员稍稍拉开了一点距离。

谁也没想到的事情发生了。15 公里处，一辆摩托疾驰而来，挡住了刘宏宇，亮出了第三张红卡。刘宏宇被罚下了赛场。无奈之下，她伏在路边的栏杆上，失声痛哭。

目睹此情此景的王丽萍，头"嗡"的一声大了。在中国代表团的这枚金牌作战计划中，她的定位就是配角。世界杯与世界锦标赛双料冠军、第一个世界最好成绩创造者刘宏宇居然被罚下场了。

王丽萍感到一点压力，但压力并不大，因为自己还是配角。她设想过各种可能，包括怎样配合与掩护战友夺冠，但她没有想过自己如何独挑这一重担。

在路边观看比赛的中国留学生仍然继续挥舞着五星红旗，为她加油。

她完全冷静下来，迅即判断了一下现场形势。领头的是东道主 1134 号、在去年世界性比赛中夺得第七名的萨维尔，意大利的佩尔罗妮则紧随其后，她的位置则处于第三。

当她回头看时，身后最近的人也在 30 米开外。她明白，现在要紧的是不再吃红卡，先保牌，再等待时机进行冲击。于是，她格外注意规范动作，又不露声色地悄悄缩短与前面两人的距离。

竞走比赛中的裁判问题由来已久，他们的判罚尺度甚至成为决定最终胜负的重要因素。竞走比赛的技术成分含量很高，选手技术完善程度的高低是裁判打分的重要依据。一般要求落地时膝关节处呈垂直状态，摆动时抬脚离地面越低越好，一次屈腿就要被罚，累计 3 次就要被罚掉。而且，裁判在判罚中仅凭个人的观察为依据，难免掺杂着浓重的人为因素。

比赛的最后一圈走完，即将步入内场时，意大利的佩尔罗妮被裁判长挥舞着红卡挡住了去路。因此，王丽萍晋升到第二位。

在进入体育场前，有一个下坡立交通道，出通道就是体育场，此时海啸般的欢呼声已传入运动员们的耳中。

这时，萨维尔回头看到王丽萍紧随其后，有点急，一阵小跑，被裁判逮个正着，最后一张红卡把她罚出赛场。

与此同时，王丽萍虽然也再吃一张红卡，但已没有任何力量能阻挡她冲向终点。

1389 号王丽萍高举双臂率先撞线，时间显示为：1 小时 29 分 05 秒！

赛前，谁也不会想到中国代表团在田径场上的唯一一枚金牌会落在王丽萍的手中。

　　而王丽萍则是靠扎实的基本功和冷静的头脑，才爆冷赢得这枚金牌。

熊倪跳板艰难夺冠

悉尼时间 2000 年 9 月 26 日，中国跳水队员熊倪出战第二十七届悉尼奥运会男子 3 米单人跳板。

在这届奥运会上，中国跳水面临着空前的困难。各国选手水平的大幅提高，使中国跳水受到了很大的威胁。

熊倪参加的男子单人跳板比赛是跳水比赛的第四项。此前，中国跳水队在前 3 项中没有一枚金牌。虽然这主要是因为对手实力较强并超水平发挥的缘故，但外界显然不能接受"梦之队"的失败。

中国跳水队上上下下都承受着相当大的压力。在这种紧要关头，全队呈现出空前的团结气氛，大家互相安慰，互相减压，互相鼓励在比赛中发挥出最高水平。

决战前夜，袁伟民等团队领导给跳水队开会，对熊倪讲了这样一个道理："奥运会赛前没有世界冠军，金牌不能预留，你不是保冠军，而是去拼冠军。"

跳水馆里，强手较量，熊倪的命运决定于决赛的 6 跳。

比赛开始后，俄罗斯名将萨乌丁发挥出了很高的水平，在决赛的前两个动作结束后，就领先熊倪 30 多分。在高水平的国际大赛中，这个差距实际上就是一份"死亡判决书"。

男子 3 米板，本来就不是中国队的强项。萨乌丁称雄这个项目已经 4 年。今年以来，熊倪不止一次输给萨乌丁，年初的一次比赛竟输掉 27 分，差距客观存在。

　　熊倪自己也感觉到夺冠无望，但他明白，如果此时放弃就等于彻底投降，努力拼搏还有一线"生"的机会。

　　熊倪调整好心态，一个动作一个动作地咬牙去跳，他要让全世界的观众目睹中国运动员在赛场上是怎样的一种精神风貌。

　　最后一跳结束，熊倪的总成绩为 708.72 分，比亚军高出 0.3 分，比萨乌丁高 5.52 分。

　　熊倪成功了！熊倪终于在最后一个动作结束后战胜了萨乌丁以及所有的对手，赢得了他生命中最为艰难、也最为宝贵的一枚金牌。这一次一次惊心动魄的比拼，一分一分成绩的积累，才铸成跳水队这块扭转乾坤的金牌。

　　当时，熊倪已无法控制自己激动的感情，和领队、教练拥抱在一起失声痛哭。

熊倪肖海亮跳板得金

悉尼时间 2000 年 9 月 28 日，中国跳水队员熊倪和肖海亮出战第二十七届悉尼奥运会男子双人 3 米跳板决赛。

比赛共跳 5 轮，前两轮比规定动作，后三轮比赛自选动作。

熊倪和肖海亮的难度系数是今天所有选手中最高的，3 个自选动作总的难度系数达到了 9.8，高出俄罗斯的萨乌丁与多布罗斯科克 0.5。

在这次跳板中，熊倪和肖海亮的 5 个动作，每一个都得了最高分，完成质量也十分理想，每一跳都将对手拉开一段距离。

最后，他们超过了第二名俄罗斯的萨乌丁与多布罗斯科克 43 分，以 365.58 分的绝对优势夺冠。

在奥运会这种高水平、激烈的大赛中，5 个动作就拉开如此大的差距，是十分罕见的。

俄罗斯选手萨乌丁是第三次出场了，但其搭档是初出茅庐的新人，因此，在这个项目上只能稍逊一筹。

这一天在他俩之前，李娜与桑雪刚为中国夺得女子双人跳台金牌。熊倪与肖海亮随后也顺顺当当地将奥运会跳水男子双人 3 米板的金牌收入囊中。

这是中国代表团在悉尼奥运会上获得的第二十五块

金牌，也是熊倪获得的第三块奥运会金牌。

　　就此，他圆满地结束了自已的第四次奥运之旅。在中国奥运会的历史上，他和著名体操选手李宁一样，成为夺得奥运会金牌最多的男选手。

　　肖海亮则圆满实现了父亲的嘱托。他由 10 米跳台改练 3 米跳板时，父亲曾对他说，项目可以由高到低降，人可得由低往高走，你要争取把上届所得的铜牌上上金色，提提亮度。

　　肖海亮拿金牌后，便马上给父亲打电话，只说了一句："我完成了给奖牌上成色的任务。"

　　他们站在领奖台上，听着国歌，看着五星红旗的升起，内心感到无比的欣慰。

李娜桑雪双人跳台夺冠

悉尼时间 2000 年 9 月 28 日，女子 10 米双人跳台在第二十七届奥运会的跳水馆展开了决赛。

其实，中国跳水队在开赛 3 天就连丢 3 枚金牌：男子双人跳台、女子双人跳板、女子 10 米跳台。其中，女子 10 米跳台金牌丢得最为惨痛，连续四届奥运会的此项霸主中国队只获一枚银牌和一个第四名。失利者正是被称为"中国梦之队"之该项"双保险"的李娜和桑雪。

对此，美国记者发稿说："中国跳水队已经丢了三枚金牌，世界为之震惊。"

在女子 10 米跳台的决赛中，预赛排名前两位的桑雪与李娜均出现较大的失误，结果被美国选手劳拉·维尔金森反超，以微弱的优势获得冠军，李娜屈居亚军，桑雪只得第四，蒙特米妮·安则为加拿大获得奥运史上首枚跳水铜牌。

女子 10 米跳台是中国跳水队在悉尼"必保"的项目，一下子砸了锅，全队上下迅速进行了"会诊"。

李娜的教练张挺、桑雪的教练王敏，加上原中国跳水队总教练徐益明和其他中国队教练一块归纳出李娜、桑雪失败的三条原因。

一是大赛经验不足，心理压力太大。李娜和桑雪都是在两年前才冒出来的新人，虽然在近两年的国际大赛上有所表现，但参加的大赛仍然不够，面对奥运会这样一个最高级别的体育盛会，心里还是发慌。比赛前，桑雪就曾对教练说她腿发软。加上中国队开门不利，获得首枚跳水金牌的重任落在她们身上，这也使她们感到了一种无形的压力。

二是稳定性不够，情绪容易受旁人影响。在决赛前两跳时，李娜和桑雪一直处于领先位置，但第三个动作时，先出场的李娜发挥失常，紧跟着的桑雪接着砸锅。反过来在下一跳时，李娜又受到桑雪失误的影响。

三是对对手估计不足。李娜只知道获得金牌的美国选手劳拉在友好运动会上获得过金牌，其他就不了解了，在备战奥运会时也没有将她列为对手。但在比赛中，由于劳拉突然冒出，造成了两个小将的慌乱，打乱了她们正常的计划和步骤。

但是，这些失利原因，教练组并没有过多讲给她们听，而是带她们去选手村的娱乐区里彻底放松身心玩了个痛快。

9月28日10时10分，参加悉尼奥运会女子双人跳台决赛的8对选手同时入场。

李娜、桑雪则一脸沉稳自信，微笑着进入了比赛场地。此前，她们已携手连续得了两届世界杯赛此项冠军。因此，她们对于这一项比赛充满了信心。

她们跳得最漂亮的动作是第二个。在这个难度系数仅仅为 20 的动作上，两人均以一个"向前翻腾一周半屈体"入水，从技术动作的完成到两人之间的协调一致性均无懈可击，得到了裁判的 4 个 10 分。这个规定动作也拿到了 58.20 的高分。

在第四个动作结束之后，她们已经确立了自己的金牌位置，当时她们领先已达 30 多分。

最后一个动作是她们这次比赛中唯一有点缺憾的一跳，入水的水花稍大，但还是凭借完美的同步性得到了 72.00 分。

李娜、桑雪在 5 个动作的决赛中，每一跳都将列在第二位的对手甩开一截，最后以 345.12 分夺冠，领先了第二名加拿大队 33.09 分。

整个决赛过程，李娜、桑雪简直没给对手一点机会，干净利落地为中国代表团出征获得第二十三块金牌。

伏明霞跳板再获桂冠

悉尼时间2000年9月28日，第二十七届奥运会女子3米跳板在悉尼跳水馆展开决赛。

在这次的决赛中，其实就是伏明霞与队友郭晶晶的对抗赛。

郭晶晶在前3跳中还领先伏明霞，但伏明霞那精彩绝伦的动作征服了裁判，也征服了观众，获得了高分。

有人说，伏明霞的明星效应使她赢得了裁判的印象分。其实，这次比赛只是中国选手相争，印象分差不多。

伏明霞以几乎无可挑剔的表现结束了她的最后一跳，以609.42的高分，夺得女子3米板的奥运冠军。

在伏明霞跳完后，记者席中有人发出情不自禁的感叹："真是太完美了！"

赛后，伏明霞在新闻发布会上的一句话表明了她的心迹："我只有战胜自己，才能战胜队友。"

伏明霞有着常人无法相比的辉煌。1990年，她不到12岁就夺得友好运动会冠军，几个月后又成为世锦赛历史上最年轻的跳台冠军。此后，1992年巴塞罗那奥运会，她又成为最年轻的奥运会跳台冠军。1996年亚特兰大奥运会她更展风采，成为跳台、跳板的双料冠军。伏明霞能否像美国的洛加尼斯一样，成为夺得奥运跳水金牌最多的选手？当人们正在期望时，伏明霞退役了。去年，她思想斗争了半年，终于又回到她深爱的跳池。

如今，她又站在高高的奥运领奖台上，成为获得 4 枚奥运跳水金牌的运动员。

后来，她告诉记者："我并不是一个特殊的运动员，其实我同其他跳水运动员是一样的。"

田亮跳台完美夺金牌

悉尼时间 2000 年 9 月 30 日，第二十七届奥运会男子 10 米跳台的比赛正在激烈地进行着。

前几天，在这里进行的男子双人跳台比拼中，萨乌丁和伊格尔击败了田亮与胡佳的组合，抢走了金牌。4 年前，也是这个萨乌丁在亚特兰大奥运会上夺跳台金牌，把田亮挤成了第四。

而这次，由于精心部署，男子跳台"夹击"萨乌丁的战术取得了立竿见影的效果。

决赛跳到第三轮时，萨乌丁就显得有些心神不定，方寸开始乱了。田亮、胡佳则遥遥领先，甩下萨乌丁 40 多分的距离。

此时，两名中国选手则由"同盟军"变成"对立面"，出道不久的胡佳前三跳后领先了田亮 38 分。胡佳前半程发挥得确实太好了，尤其当大家在关注田亮、萨乌丁两大高手过招，而没把他当做夺冠热门时，一身轻松的他凭借第二跳和第三跳的惊人发挥，顷刻间把两人都甩在了身后。尤其是胡佳的第三跳"向后翻腾三周半抱膝"，做得更是可圈可点，7 名裁判给出 6 个 10 分，观众席上的 1 万多名观众掌声如雷。

面对这么大的差距，第四跳 207B 几乎成了田亮最后的"杀手锏"。半年前改练 207B 这个难度系数高达 3.6 的超高难动作，田亮是想用来对付萨乌丁的。

但赛场局势瞬息万变，17 岁的胡佳在第四轮尚未出场时，就听到观众大喊自己的名字，结果造成心理压力，使本来就不太好完成的倒立 626C 大失水准，一位裁判竟打出了 4.5 分，结果总分只有 51.04 分。

接下来田亮出场，田亮的这个 207B，即"向后翻腾三周半屈体"，难度系数高达 3.6，是目前世界上男子 10 米跳台项目中最难的动作，当今全世界跳水运动员中只有他和一名德国选手能够做出。

田亮的这一动作比萨乌丁所跳的同组动作难度要高 0.3，但是，难度越大，风险也更大。这个动作不仅需要运动员有很好的弹跳能力，同时对空中姿态的掌握要求极高，稍有不慎，快到入水时，恐怕连动作都来不及做完。

起跳前，田亮在台上准备的时间显得很长。全场安静下来，等待着这高难度的一跳。起跳、翻腾、打开、入水，整套动作出奇地干净利落。

这时，全场响起了口哨声、掌声、欢呼声，教练区内的各国教练也纷纷向中国教练张挺表示祝贺。

最后，田亮的得分为 101.52 分，奥运会有史以来跳水的最高分诞生了，田亮凭此一跳重新占据了得分榜榜首的位置。

最后两轮，萨乌丁和胡佳都发挥出了较高水平，田亮也正常地完成了每一个动作。最终，田亮靠 207B 的"绝活"赢得金牌。

中国跳水队的田亮在悉尼奥运会上，终于突破俄罗斯名将萨乌丁这最后一道"防线"，将本届奥运会最后一个跳水项目，即男子 10 米跳台的金牌收归囊中。田亮的队友胡佳获银牌。

萨乌丁这位俄罗斯的跳水天才只得到了一块铜牌。在本届奥运会上，他虽然出战四项，竭力拼杀，但也只得到了一金一银两铜。

走下领奖台的田亮眼神里透着点得意："我这枚金牌应该是中国代表团本届跳水的最后一枚金牌了，能让我来画这个句号，感觉真好。"

田亮面对突然而来的鲜花和赞誉，年仅 21 岁的他并没有陶醉。他说："悉尼奥运会的金牌并不能说明我的技术已完美无缺，决赛的 6 个动作就只有两个动作跳得好。面对 4 年后的雅典奥运会，我不能有一刻放松，我有信心把这项金牌保留得更长久一些。"

陈中勇夺跆拳道冠军

悉尼时间 2000 年 9 月 30 日，在悉尼奥林匹克公园的国立体育馆举行第二十七届奥运会跆拳道比赛。

其实，跆拳道脱胎于古老中国的武术技击，起源于朝鲜半岛。20 世纪五六十年代由韩国推向世界，是一种徒手攻防的搏击术。

"跆"是指脚的腾跃、踢蹬，"拳"是指用拳掌打劈、推挡，"道"是指方法、技艺和道理。

作为比赛项目的跆拳道每场分为 3 局，每局 3 分钟，局间休息 1 分钟。

比赛中运动员穿戴护具、头盔，主要以腿攻击对方的有效得分部位，由裁判员判定是否得分。

悉尼奥运会跆拳道比赛共设 8 枚金牌，男、女各 4 个级别，每个级别都通过抽签采用单败淘汰制，并且规定每个国家最多只能参加男、女各两个级别的比赛，而每个级别仅限 1 人。这在实际上是限制了韩国的发挥，而给了其他国家更多的机会。

通过资格赛的角逐，中国获得了 3 张入场券，陈中将参加 67 公斤以上级的比赛。

奥运会级别的设置与平时不同，削弱了陈中的优势，她原来参加 72 公斤级的比赛，而奥运会最高级别就是 67

公斤以上级，于是众多体重远远超过 67 公斤的选手都涌入此项级别，这使陈中在这个级别当中体重偏轻，吃亏不小。

在悉尼的比赛中，早在 9 月 29 日，中国队员贺璐敏便在她所参加的首场跆拳道比赛中，输给了一名英国选手，并且失去了参加复赛的资格，惨遭淘汰。

因而，夺金的重担就落在了 30 日将要出场的不满 18 岁的陈中身上。

29 日深夜，为了迎接明天的决赛，中国跆拳道队还在悉尼驻地操练，他们是领队郭仲恭、教练陈立人和运动员陈中、贺璐敏。

他们在进行最后的准备。贺璐敏演练了今天失利的过程，教练们指出她失利的原因在于保守，在领先的情况下放弃了进攻，因而告诫陈中要从中吸取教训，一定要坚持进攻，领先时不能轻敌大意，落后时要顽强拼搏，并为陈中制订了"积极进攻，首先在气势上压倒对手"的策略。

30 日上午，陈中出场了。她显得精力充沛、信心十足。头一轮对澳大利亚选手，她打得非常轻松，以 6 比 0 获得胜利。

但作为主管跆拳道的重竞技运动管理中心副主任郭仲恭却不满意，他说："在赢的 6 分中，有三四分是防守反击得的分，如果现在就不想进攻，下面的比赛怎么打？"

陈中被训哭了，教练陈立人说："下一场一定改！"

第二轮比赛，陈中对克罗地亚选手，陈中以 5 比 3 赢得了比赛。

这次，郭仲恭训得更厉害："这 3 分是怎么输的？只能进攻，不许后退！"

赛后郭仲恭说："陈中哭了，哭了也照训。我提醒自己不能心软。她们打比赛，我在和她们打心理战。"

下一场便是半决赛，陈中的对手是委内瑞拉的大个子卡莫纳，她比陈中重 15 公斤。

这次比赛，陈中在气势上不折不扣地贯彻了教练为她制订的策略，9 比 6 拿下了这场比赛，杀进了晚上的决赛。

陈中决赛的对手是俄罗斯的伊万诺娃。在等待决赛到来前，教练找来伊万诺娃的录像反复看，抓紧研究了对手的技战术特长。

决赛开始前，教练特别提醒陈中，伊万诺娃个子矮、腿短，跟她比赛时一定要控制好距离。

伊万诺娃 29 岁，骁勇善战，经验丰富。她爱吼，那尖锐刺耳的吼声为她打入决赛立功不小。

而此时，性格内向的陈中在前几场比赛中吼声还有些拘谨，但这一刻，陈中带着一定要拼下这一场的强烈欲望上场了。她的吼声比伊万诺娃底气还足，这便使她在气势上压倒了对方。

决赛开场 20 秒后，双方几乎同时发动了进攻。一瞬间，观众还没看清谁起腿踢中了谁，陈中已经得分。

1分钟后，伊万诺娃发动了一次猛烈的进攻，不过这次她没占到便宜，记分牌变成了3比1。伊万诺娃得1失2，好不丧气。

这时，陈中抓住战机使出了一招"下劈"，这一脚踢得很高，下落时踢中伊万诺娃的头顶。4比1，陈中给了对手一个下马威。全场看客为这高超的技术而鼓掌。

随后，第二局开始，吃了亏的伊万诺娃打得极为谨慎，在这局比赛中双方各得1分。

第三局一开场，伊万诺娃发疯一般连连踢出数脚，这一招也很见成效，她捞回了1分。稍后，她又一次扑将上来，这次陈中不但不躲，反而迎了上去，蜷腿一脚，反而得了1分。

快要到终局的时候，领先的陈中并没有放松，仍然积极主动发起进攻，不给对手喘息之机，她利用"下劈"、"横踢"接连得分。

此时，大局已定，乱了方寸的伊万诺娃不再吼叫和晃动，只是冲上来左右乱踢，但已于事无补。

比赛结束，比分定格为8比3，陈中拼得了奥运冠军！今天陈中拼出了气势，拼出了金牌。

获胜后的陈中挥舞着国旗绕场一周，不停地向为她加油助威的观众鞠躬致谢，并与陈立人教练举起国旗合影，又与队友贺璐敏拥抱庆贺。

中国跆拳道选手陈中在一天之内斩将搴旗连闯4关，

获得了第二十七届奥运会跆拳道女子 67 公斤以上级的冠军。这使得中国跆拳道队完成了赛前制定的目标。

在赛后新闻发布会上，陈中说："感谢祖国给了我参加奥运会的机会，感谢我的教练和那么多陪练的队员们，这块金牌是属于集体的。"

陈中的胜利使中国跆拳道实现了在 5 年中从"零起步"到奥运会金牌"零突破"的跨越。

三、 喜迎英雄

● 2000 年 9 月 28 日，江泽民致电中国体育代表团，热烈祝贺中国体育健儿在第二十七届悉尼奥运会上取得优异成绩。

● 2000 年 10 月，我国奥运健儿载誉归来，北京首都国际机场灯火通明，红地毯铺到专机舷梯旁，乐队高奏凯歌，少年儿童为他们献上鲜花。

● 2000 年 10 月 8 日，在人民大会堂，中共中央宣传部和国家体育总局等部门召开了第二十七届奥运会中国体育代表团报告会。

江泽民致电中国代表团

2000 年 9 月 28 日，江泽民致电中国体育代表团，热烈祝贺中国体育健儿在第二十七届悉尼奥运会上取得优异成绩。

电文说：

中国体育代表团：

我国体育健儿在悉尼奥运会上奋力拼搏，为国争光，取得优异成绩，实现了我国体育在奥运会的新突破。全国人民为之欢欣鼓舞。我代表党中央、国务院向你们表示热烈祝贺！

我国体育健儿不畏强手，奋勇争先，表现出顽强的拼搏精神、精湛的运动技术和良好的体育道德。我国体育健儿的优异表现，体现了改革开放时代中国人民奋发向上、朝气蓬勃的精神面貌，为弘扬奥林匹克精神作出了贡献，给昂首跨入新世纪的全国各族人民带来了极大的鼓舞。祖国为你们骄傲。

希望你们继续发扬"胜不骄，败不馁"的精神，保持旺盛斗志，坚持科学训练，不断提高全面素质，努力为祖国赢得更多的荣誉。

祖国人民欢迎你们胜利归来。

江泽民

2000 年 9 月 28 日

那段时间，全国各地、海内外各界的贺电，像雪片似的飞向国家体育总局，飞向悉尼赛场。

河北师范大学全体师生，在发往中国代表队的贺信中道出了全国人民的心声：

鲜花献英雄，心血铸辉煌。

我们为你们的精神所感动，为你们的胜利而欢呼。我们感谢你们，祖国人民崇敬你们，海外炎黄子孙永远记住你们！

国运衰，体育衰；国运兴，体育兴。国际舆论这样评论中国队员在悉尼的胜利：

只有一个改革开放的民族，其运动员的身上才可能具有这种精神风貌。

可以说，中国运动健儿们不畏强者，勇于挑战对手，挑战极限，超越自我，创造出新的奇迹和新的自信心。

早在 1984 年洛杉矶奥运会上，许海峰清脆的枪声使中国实现了奥运会金牌零的突破，中国人民从此在体育事业上站立起来了。

随后，从 1992 年的巴塞罗那奥运会我国首获 16 枚金牌，到悉尼奥运会获得 28 枚金牌，并跻身于金牌榜前三名的位置，这一飞跃，使中国人民在体育事业上彻底雄立于世界之林。

可以说，这是一首奋勇拼搏的颂歌。中国人民将为体育健儿们感到自豪与骄傲！

这是 12 亿中国人民发自肺腑的声音。

中国奥运健儿载誉归来

2000 年 10 月，我国奥运健儿载誉归来，北京首都国际机场灯火通明，红地毯铺到专机舷梯旁，乐队高奏凯歌，少年儿童为他们献上鲜花。

中共中央政治局常委、国务院副总理李岚清上前迎接，并说道：

祖国欢迎你们！人民欢迎你们！

是啊！祖国人民为我们的体育健儿而骄傲，他们为祖国而拼搏的奉献精神，成为中华民族的宝贵财富，他们是国人的精神楷模。

中国人民的骄傲源于人民对于祖国强大的希冀。而这种骄傲我们可以从下面两个小细节中了解到。

天安门国旗护卫队一位现役升旗手说："这种骄傲从每天到天安门广场观看升旗的群众脸上也可以看到。"奥运会期间，观看升国旗的群众比平时多了许多。

当电台传出我国在奥运金牌榜名列第三的时候，北京的一位出租车司机大声对他的乘客说："我们这个国家大有希望！"

这就是体育运动的真谛，它集中反映了一个民族的精神、气质和力量。

其实，不仅祖国人民欢迎我国的体育健儿，那些华人华侨也为具有同一血脉的运动健儿高声欢呼。

当奥运赛场频频升起五星红旗、奏响中华人民共和国国歌的时候，看台上红旗招展，华人同声高唱《义勇军进行曲》。

唐人街上的中国国旗一时脱销了；悉尼街头的华人则诉说着龙的传人的自豪……

而现在，党和国家重要领导人亲自来到机场迎接我国载誉而归的运动健儿们，这激动人心的场景，怎么不令人欢欣鼓舞呢！

这样的场景，又使我们想起了运动员们苦战悉尼奥运会的 17 个日日夜夜。

第一次参加奥运会的陶璐娜，关键时刻挺身而出，为中国队夺得本届奥运会首金。

熊倪、伏明霞经历了退役、复出的轮回，为了祖国，他们以一切从头开始的气概，重新达到了自己事业的最高峰，再次获得金牌。

女足姑娘虽然没有如人们希望的那样进入四强，但她们顽强拼搏的精神赢得了人们的尊敬。

中国男子体操队 47 年不懈追求，几代体操人倾注心血汗水，终于圆了团体金牌的梦想。

队员邢傲伟腿脚有伤，却带伤参加比赛。有人问他落地时有没有想到自己的伤，邢傲伟回答："连命都顾不上了，哪里还顾得了伤！"

伏明霞说："只要还有一个动作没有做，就不能放弃。""谁是冠军没有定，我就要去拼！"在女子 3 米板决赛时，她成为连续 3 届奥运会 4 枚跳水金牌得主，创造了世界跳水界新的奇迹。

孔令辉在赢得最后一分的时候，情不自禁地狂吻自己胸前的五星红旗。

中国体操队夺得男团冠军后，郑李辉说的第一句话是："金牌献给祖国人民！"

最后，连俄罗斯体操老将拉里莎·拉特尼娜也将中国获得佳绩的原因归结为"为国争光高于一切"的精神。

一幕幕激动人心的情景，在奥运赛场一次次重演。为祖国而拼搏，为国家荣誉而战，是我国一代又一代运动员坚定不移的信念。

对此，国家体育总局党组书记、副局长李志坚说："我国奥运健儿赢就赢在创新上。我国乒乓球、羽毛球、体操等运动队之所以能长盛不衰，就是因为能够自觉地掌握新陈代谢的规律，解放思想，善于用人，做到年年有后起之秀，新生力量生生不已。"

2000 年 10 月 3 日，江泽民、李鹏、朱镕基等党和国家领导人在人民大会堂，亲切接见了我国体育健儿并进行座谈。

江泽民在会见时说：

喜迎英雄

今天，我们怀着十分高兴的心情，热烈欢迎中国体育代表团从悉尼载誉归来。在第二十七届奥运会上，我国体育健儿团结奋斗，顽强拼搏，取得我国在奥运史上的最好成绩，金牌和奖牌总数名列第三，实现了新的突破。这是祖国的光荣、人民的骄傲。我代表党中央、国务院和全国各族人民，向你们表示衷心的祝贺！向全国广大体育工作者表示亲切的慰问！

…………

体育竞赛有名次，而发扬不畏强手、奋勇争先的精神没有先后。这届奥运会上，我们有些项目、有些运动员虽然没有取得奖牌，但他们赛出了水平、赛出了斗志，同样值得称赞。我们历来主张"胜不骄，败不馁"。只要认真总结经验，善于学习，刻苦训练，必将取得更大的成绩。

奥运会是世界上规模最大的体育盛会，是奥林匹克运动和奥林匹克精神的集中展现。我国一向是奥林匹克运动的积极支持者和参与者，一向坚持奥林匹克运动所提倡的团结、友谊、进步和公平、公正、公开的原则，努力为发展奥林匹克运动，为促进人类和平与发展的崇高事业作出自己的贡献。北京正在申办2008年奥运会，中国政府和人民将全力予以支持。

．．．．．．．．．．．

接下来，你们还要向人民汇报，参加"奥运健儿祖国西部行"活动。希望你们虚心向人民学习，再接再厉，开拓进取，为新世纪我国体育事业和社会主义现代化建设的发展作出更大贡献！

展望新的世纪，我国奥运体育健儿在悉尼用优异的成绩，吹响了中华民族迈向 21 世纪的号角。

召开体育代表团报告会

2000 年 10 月 8 日，在人民大会堂，中共中央宣传部和国家体育总局等部门召开了第二十七届奥运会中国体育代表团报告会。中共中央宣传部常务副部长刘云山主持报告会。

在会上，袁伟民、陶璐娜、王丽萍、李永波、熊倪、孔令辉、孙雯等体育界人士作了生动、感人的报告。

袁伟民在报告会上说：

举世瞩目的第二十七届奥运会已经胜利闭幕。中国体育代表团以金牌、奖牌名列第三，实现历史性突破的优异成绩，圆满完成了征战悉尼奥运会的任务。在悉尼奋战的日子里，中国健儿在赛场上的一球一分、一得一失牵动着从中央领导到亿万百姓的心。9 月 28 日，在奥运村里我们接到了江总书记发来的贺电，万分激动，深受鼓舞。党的关怀、祖国和人民的支持，时刻激励着我们去顽强拼搏。为祖国而战，为中华民族而战，是我们巨大的精神动力。成绩和光荣属于伟大的祖国和人民！在这里，首先请允许我代表中国体育代表团全体运动员、

教练员、工作人员，向中央领导，向全国人民表示衷心的感谢和崇高的敬意！

…………

接着，运动员陶璐娜发言：

在举世瞩目的第二十七届奥运会上，我夺得女子气手枪项目的金牌，这也是中国代表团的首枚金牌，并在后面的比赛中又获得了女子运动手枪银牌。当五星红旗伴随着《义勇军进行曲》徐徐升起，我的心情万分激动，感到一股暖流从心底涌起，我深深体会到，作为一名中国运动员是那么自豪和骄傲！如果没有祖国母亲的养育，没有各级组织的关怀、教练的培养，我也不会有机会参加奥运会，更不能取得奥运金牌。在这里我要说：这份荣誉应当属于祖国和人民！

…………

这次我圆了奥运会冠军梦，感想最深的是：人生只有不断地挑战自我，超越自我，追求过程，把握过程，才能逐步走向完善。但在自我追求的过程中，千万不要忘记你身边的人，你周围的人，那些为你作出无私奉献的人，那些关注你的人，支持你的人。人生道路很长，面对新世纪的挑战，我要谦虚谨慎，自觉地严格要求自己，虚心向优秀运动员学习，力争在今后的国际比赛中勇攀高峰，再创佳绩，为祖国人民再立新功！

金牌得主王丽萍发言说：

2000 年 9 月 28 日，这是我终生难忘的一天，我终于实现了自己的梦想，登上了奥运会的最高领奖台，为祖国赢得了荣誉。

当鲜艳的五星红旗在雄壮的国歌声中冉冉升起，高高飘扬在悉尼奥林匹克体育场上空的时候，全场 11 万观众报以雷鸣般的掌声。此时此刻，此情此景，我的心情久久难以平静，往事一幕幕浮现在眼前。

这枚金牌并不是我个人的荣誉，成绩归功于田径这个光荣的集体，归功于祖国和人民。我虽然能站在世界体育的最高领奖台上，但是我不会忘记我的教练、领队和队友给予我的帮助；不会忘记国家体育总局和省市体委领导给予我的支持；也不会忘记父母和亲人给予我的鼓励。

奥运会已经闭幕了。金牌和成绩只能说明过去，我决不辜负祖国和人民的期望和重托，奥运会后一切从零开始，要更加刻苦地训练，用更顽强的精神、更精湛的技术，争取在下届奥运会为祖国再创辉煌。

随后，羽毛球队总教练李永波发言，他说：

当我站在庄严的人民大会堂这高高的讲台上，向祖国人民汇报中国羽毛球队参加第二十七届奥运会比赛情况时，我想，这绝不是我个人的荣誉，这是中国羽毛球队集体的荣誉，这是祖国人民给予我们的最高奖赏！

虽然奥运会的比赛已经结束，但是比赛中那激烈争夺、那跌宕起伏、那险象环生、那扣人心弦的场面，那国际羽坛的外国人先是睁大了惊异的眼睛，继而心服口服地为中国羽毛球运动员的精湛技术、饱满斗志和良好作风而折服地竖起大拇指的景象，那赛场内外所有的中国人热泪盈眶、扬眉吐气，赛场上成为五星红旗的海洋的波澜壮阔的时刻，依然历历在目，难以消去。我想，这将永远珍存在每一位热爱祖国、热爱体育事业的人们的心中。

在悉尼奥运会上，获得了男子单人和双人跳板两枚金牌的熊倪发言说：

我叫熊倪，是中国跳水队队员，在悉尼奥运会上，我获得了男子单人和双人跳板两枚金牌。这次出征悉尼，是我第四次参加奥运会，在我的奥运历程中共获得3枚金牌、1枚银牌、1枚铜牌。

…………

走过12年的风雨奥运路，我最大的收获是：在困难面前，永远不要轻言放弃。我最深的感受是：如果没有强大祖国作后盾，没有各级领导和各个方方面面的关心和帮助，没有12亿中国人的支持，就没有我今天的荣誉和成绩。

在此，我要向祖国母亲，向所有关心和支持我的人致以最诚挚的谢意。

乒乓球运动员孔令辉说：

经历了10多天的激烈竞争，举世瞩目的第二十七届奥运会火炬已经熄灭了。但是，当我准备向祖国人民汇报我们征战的历程时，我的心情又再一次紧张和激动起来，仿佛又回到了那火药味十足的比赛场上，为祖国的荣誉而拼杀的那一幕一幕好像又回到了眼前。

…………

第二十七届奥运会已经成为过去，我要向前辈学习，发扬中国乒乓球界的优良传统，一切从零开始，谦虚谨慎，戒骄戒躁，刻苦努力，不断提高，为祖国体育事业的发展，作出新的贡献。

最后，刘云山在第二十七届奥运会中国体育代表团报告会上说道：

在刚刚结束的第二十七届奥运会上，我国体育健儿不负祖国和人民的重托，团结奋斗，顽强拼搏，为祖国夺得 28 枚金牌、16 枚银牌、15 枚铜牌，金牌总数和奖牌总数居世界第三位，实现了我国体育在奥运会的新突破，向共和国 51 周年华诞献上了一份厚礼，为我国申办 2008 年奥运会创造了新的有利条件，全国人民为之欢欣鼓舞。江泽民总书记专门致电热烈祝贺。10 月 3 日，江泽民、李鹏、朱镕基等党和国家领导人在人民大会堂亲切接见了我国体育健儿并进行座谈。总书记在讲话中充分肯定了我国体育健儿取得的优异成绩，高度评价了他们不畏强手、奋勇争先的精神；赞扬他们发扬爱国主义、集体主义、社会主义精神，恪守体育道德，坚持公正竞赛，发挥运动技能，取得了运动成绩和精神文明的双丰收，号召全国人民向他们学习。在奥运会举行的日日夜夜，全国各族人民和广大海外侨胞以极大的热情关注奥运赛场，为中国体育健儿创造的优异成绩而欢呼，为他们敢于拼搏的精神而感动，为赛场上一次又一次升起五星红旗、奏响中华人民共和国国歌而无比自豪。

袁伟民、陶璐娜、王丽萍、李永波、熊倪、孔令辉、孙雯等同志给我们作了一场十分生动、非常感人的报告。他们的报告洋溢着强烈的爱国主义、集体主义和革命英雄主义精神，令人鼓舞，催人奋进。

…………

我们要按照总书记的要求，在全社会广泛宣传，认真学习、大力提倡这种精神。让我们以中国体育健儿为榜样，紧密团结在以江泽民同志为核心的党中央周围，解放思想，锐意进取，为建设有中国特色社会主义的伟大事业不懈奋斗。

最后，让我们再一次以热烈的掌声向第二十七届奥运会中国体育代表团的同志们表示衷心的感谢。

本书主要参考资料

《国史全鉴》本书编委会编 团结出版社

《情系祖国》国家体育总局宣传司编 人民体育出版社

《悉尼向我们走来》冯远征著 人民体育出版社

《中国奥运巅峰时刻》马国力主编 现代出版社

《中国奥运金牌得主大写真》蒋齐芳 刘晓利 马文燕 张纯本编著 当代中国出版社

《祖国的光荣 人民的骄傲》中共中央宣传部宣传教育局 国家体育总局宣传司编 学习出版社